青い僕らは奇跡を抱きしめる

木戸ここな

STARTS
スターツ出版株式会社

『ベストを尽くしてみると、あなたの人生にも、他人の人生にも、思いがけない奇跡が起こるかもしれません』

これはヘレン・ケラーの言葉だ。あの子も言っていた。

奇跡というのは、苦しいときや辛いとき、諦めずに何かに向かって、もがき続けたときに現れる。

くじけている暇はない。奇跡の種は君の中で育ちつつあるのだから。

周りの大切な人にもそれが伝わって、君は人を幸せにするかもしれない。

じゃあ、どうすれば奇跡が起こせるかって？

それはたったひとつのことをやればいいだけ。

きっと君にもその方法がわかるはず。

ボクは今から奇跡を起こすヒントを教えようと思う。

この話はボクから君に捧げるプレゼント。

ボクの声が君にも届くことを願って――。

目次

青い僕らは奇跡を抱きしめる

プロローグ

空が晴れ晴れとしたすがすがしい初夏の日、僕は事故に遭った――。〝人生終了〟と、大きく画面に現れるような衝撃だった。

朝、目覚ましのアラームが鳴って、半分眠ったまま気だるく目を開けた瞬間からこの日のことは運命付けられていたと言っていい。

夢の幻影を振り払い、無理やり起きようとした瞬間から僕は不機嫌だった。そして自分の中の尖った攻撃力が、悪い方向へと僕を引っ張っていったのだろう。

機嫌が悪いまま、父と顔を合わせたのも癪《しゃく》に障った。お互いの目がバチッと合ったけど、僕は父を無視してトイレにこもろうとする。

「おい、朝の挨拶はどうした。『おはよう』くらい言えないのか」

父は露骨に顔を歪める。低い声で脅して服従させようとする先制攻撃だ。対して僕も負けじと応戦する。

「うるさいな、毎日会ってんだから、別にしなくてもいいだろ」

イライラした態度を見せつけるようにトイレの扉を荒っぽく閉めた。僕が用を足している間も、ドアを挟んだ向こう側で、父がブツブツ文句を言っているのが聞こえた。

そしてトイレから出ると、案の定、当てつけのように父が睨みをきかして待っていた。朝からネチネチとそんなことをするから裏目に出るというのに、父は頑固で厳しい性格だから、どんなに無視しても躾《しつけ》の筋を通そうとする。それなら折れてやろうじゃないか。

「はいはい、おはよう、おはよう」

ただし、嫌味っぽく。

そこで父の機嫌も一気に悪くなり、声を荒げて僕の名前を叫んだ。その声を聞いて、朝食を用意していた母が何事かとフライパンを持ったまま駆けつけてきた。その場を丸く収めようとする母になだめられて、父も僕も一応は黙り込む。

それで一区切りついたけど、僕の機嫌は父のせいでもっと悪くなった。これがさらなる最悪な事態へと続いていく。

——その最悪の瞬間はまもなくやってこようとしていた。時計の針がチクタクと残り時間を減らしている。

そこへ導かれるまで何があったのか。要因の半分は僕の態度に問題があったと言っていい。僕は不機嫌になると調子が戻るまで時間がかかる。機嫌を損ねたままでいると、ほんの些細《ささい》なことでもむしゃくしゃし、意味もなくただ舌打ちをしてところ構わず八つ当たってしまう。そして何かにつけて、ふてくされた顔でしばらくずっと過ごす羽目となる。

いつもむすっとしているから、自分勝手だと周りからも思われやすい。気に入らないことがあると自分でもコントロールができなくなってしまう。感情の起伏が激しく、ふてぶてしさがあると僕自身認めていた。

だからそんなときは放っておいてほしい、ひとりにしてほしい。

親からの干渉は特に気持ちが苛立つ。何がそんなに気に入らないのか、身近な存在になればなるほどその感情が高まり、すぐにムカムカするのが僕の悪い癖だった。素直になることが恥ずかしく、むしろ罪であるかのような捻《ひね》くれた考え。自分を大きく見せたくて、自己顕示欲にまみれて生意気な態度をとってしまう。

両親に反発しては、粋がってさらに悪態をつく。そんな僕に親はますます口を出し、それを素直に受け入れられずに逆切れして反抗する悪循環。

母は僕と父の仲を取り持とうといつも心配し、父は間違いを正そうと正論ばかりで偉そうにする。それが余計に神経を逆撫でするから始末が悪い。

人の立場になって考えることができず、いつも自分が正しいと思っていた。わがままに行動して他人に対して思いやりを持てない。みんなが自分に合わせる。それが僕にとっては当たり前で、相手の気持ちに寄り添うこともしなかった。けれど僕は、そんな自分が周りに受け入れられているものだと思い込んでいた。

だからある日、学校で自分が嫌われていると知ったとき、空が落ちてくるような衝撃と、地雷の上に足をかけてしまった絶望が同時に襲いかかった。まさに青天の霹靂《へきれき》と言えよう。今までの自分が一気に崩れていく。それを自分自身の目で、ここではないどこか遠くから見ているようだった。

突然、僕はクラスの友達から露骨に無視された。昨日まで普通にしゃべっていた友達が目を合わせてくれず、僕が輪の中に入ろうとするとみんな僕を避けて散り散りになっていった。拒絶された僕は、クラスでひとりポツンとかっこ悪く立ちすくむ。

辺りをキョロキョロ見回せば、ひとりぼっちになった僕を見てクラスメートはコソコソとあからさまに話を始めた。悪口だ。明らかに僕は悪者にされていた。冷たい視線が僕を打ちのめし、僕はどうすることもできず呆然自失になっていた。

それまで粋がって突っ張っていたからなおさらかっこ悪い。それが僕を余計に惨めにさせた。ましてや、自分がクラスで嫌われていたなんて考えたことなどなかったから、なぜそんなことになったのかすぐには呑み込めなかった。

思い当たるとすれば、ときどき見せる自分の不機嫌な態度のせいかと思ったが――違った。自分には手に負えない、それ以上の問題が含まれていたのだ。一番仲よくしていた友達が僕を裏切った――。

そんな意地悪な奴だったとも知らずに、心を許して何でも話していた自分。ときには人に聞かれたらいけないようなこともそいつにになら正直に話せた。でもそいつは、わざと仲いいふりをして僕を陥れようと企んでいた。僕が言った言葉に尾ひれをつけ、印象が悪くなる方向へと話をすり替えてクラス中に言いふらしたのだ。

それを聞いたクラスメートたちは、僕とすれ違うと心当たりがないのに「卑怯者」と、まるで唾でも吐くように言葉を投げかける。そこに容赦ない憎しみのこもった目。弁解しようとしても誰も僕の話を聞いてくれなかった。

僕よりも人望があるそいつの言葉は、例え嘘が混じっていてもみんな鵜呑みにしてしまう。裏切りとそれに呑み込まれ同調する周りの人々。僕はクラスの中で嫌悪の対象にされ、理不尽に負の鎖をがんじがらめに巻き付けられる。全く身動きがとれない。悔しい気持ちで苦痛に震えながら〝ぼっち〟になった僕は毎日を怯えて過ごした。

どんなにもがいてもいい方向にいかない。誰も助けてくれない。人の立場になって考えてこなかったから、みんなの気持ちが全くわからない。

傷つきながらも、まだどこかで何かの間違いだと信じたくて、僕は強気に何でもないことのように振る舞おうとしている。勘違いに決まってる。それを正せばすぐに元に戻るはず。そう思って誤解を解こうとクラスメートに話しかけようとしても、僕がそばに寄るなり何も言いたくないと、みんな困った顔をして去っていった。

僕はクラスという海の中に沈んで溺れそうだった。海面に顔を出そうとしても、むやみに手足をばたつかせるだけで、どうやっても息がうまく吸えない。それでも、まだ何とかなるんじゃないか。少しの希望があるんじゃないかと期待して踏ん張っていた。

　普段の行いを省みて自業自得と言えばそれまでだが、本心は誰かに助けてほしかった。手を差し伸べてほしかった。僕は絶望の中で何かにしがみつこうとしていた。

　でも、そんな都合のいいことが起こるわけがなく、毎朝の目覚めは最悪の連続だ。反抗的な態度を見せていた親に虐められているなんて言えるわけもなく、解決の見えない朝がくるたび、それが積もり積もってどんどん大きくなっていくだけだった。

　僕の心は限界に達し、ただ絶望を感じることしかできなくなった。そんな日の朝、登校途中でとうとう僕は大爆発してしまった。それが、僕が起こした事故だった。

　学校に行くのをためらいながら歩いていた僕は、車が激しく行き交う道路に向かって本能のままに思わず飛び込んでしまった。

　ヤケクソと、どうにかしたい小さな希望を持って、衝動的に体が動いていた。この無謀な行動が、最悪な結果へと結びついた。

　道路に飛び出した僕は、そのまま車に轢《ひ》かれた。轢いた人も、まさか僕が飛び込んでくるなんて思わなかっただろう。横断歩道も信号もない場所で、車が来ていると分かって僕が飛び出したこの場合でも、轢いた人は何らかの罪に問われるのだろうか。もしそうだとしたら申し訳ない。

　そんなことを考えられるほどに、車とぶつかって体が転がっていく時間が不思議とゆっくりで、周りの景色がぐるぐると回って見えていた。

これもなるべくときになってしまったのか、運命だったのか、もし自分がこの世から消えたらあいつらは何を思うのだろう。僕を虐めた奴らへの当てつけにはなるだろうか。でも遺書がなければ、虐めがあったと学校は認めないかもしれない。こんなことになるなら、せめて虐めがあった証拠をどこかに残しておけばよかった。

○月×日、あいつが僕のことを悪者に仕立て上げ嘘を吹き込んだ。

○月×日、あいつが吹き込んだ嘘が広がって、僕はみんなから嫌われ虐められるようになった。

○月×日、あいつとあいつも、便乗して僕を露骨に睨んで無視するようになった。

なんて僕が受けた仕打ちを教科書やノートのどこかに記録しておくべきだった。今さら気づいても遅いが、この時点ではもうどうにもならない。僕はこの瞬間死にかけている。この世とあの世の狭間とでもいうのか、体から意識だけが離れているようだ。

ふいに、僕の意識に何かが寄り添いすっと溶けるようにくっついた。僕は今、ひとりじゃない。誰かが僕を行くべきところへ案内しようとしている。今、自分はどこにいるのだろう。やっぱりこのまま死んでいくということか。

けれど心では悔しくて寂しくて泣いていた。これで最後だと思うと、父と母のことが頭に浮かぶ。きっと僕がいなくなったら一番悲しむことだろう。こんなどうしようもない僕でも、あの人たちのひとり息子だから。

ずっとゆらゆらと彷徨《さまよ》っている。想像しかしたことがなかったけど、これが三途の川を渡っているところなのかもしれない。自分が自分でなくなるような、生と死のあわいに身を置いて真っ白になっていくような……。

この世との別れの前に、人は自分の一生分の人生を振り返りながら死んでいくのだろうか。一生分？　僕が生きてきたのは、一生分と記すにはあまりにも短すぎる年月だった。

そのとき、僕のそばで弱々しく鳴いている笛の音のようなものが耳に入る。それをあやふやに聞いていると脳裏に映像が浮かび上がり、徐々に何かがはっきりと見えてきた。それはとても奇妙な、意味のわからない馬鹿げた映像だった。だけど、僕は自分という入れ物から離れていて、意味を考えるということすら無意味に思えた。誰かが変な格好をしていて、くねくねと体を動かして歌っている。聴いたことがあるメロディーだ。

チャラララララ～♪

チャララララ～ラ～♪

手品のBGMでよく使われる『オリーブの首飾り』と呼ばれる曲だった。それはこの状況にとても不釣り合いで、僕を惑わした。

「手品ってもんはね、ハートで伝えるんだよ。失敗したって何のその。焦っちゃいけねぇ。自分で思いっきり楽しんでやんなくっちゃ。要は気合だ。その意気込みが手品の心意気」

派手な金ぴかの衣装を身に着けた爺さんが、真っ黒な箱を持って、そこから花をぱっと取り出した。そのとき、今までぼやけていた僕の意識が急にはっきりした。

「よっ、ほっ、それ～、あー手品は楽しいぞ。そら、お前らもやってみろ。手品は魔法だ。そらよっと。ほうら、手品で奇跡を起こしてみせよう。そしてみんなが幸せに。そしたら自分も幸せに。失敗したってもう一度。何度でもやればいいのさ。一生懸命やればいつかきっとうまくいくものさ」

手品をしている爺さんの観客は、全部〝サボテン〟だった。

――サボテン？

丸いサボテン、平たいサボテン、長い柱のサボテン、枝分かれしたサボテン、肉厚の葉が重なり合ったサボテン、ありとあらゆるサボテンが大人しくじっとそこに佇《たたず》んで爺さんの手品を見ていた。

その中でひとつ、ところどころ茶色くなって枯れかけた丸い形の小さなサボテンが、食い入ってその手品を見ているように思えた。はっきりと思い出せないけど、そのサボテンには見覚えがあるような気がする。

だけど何でサボテンなんだろう。サボテン、サボテン……もう少しで思い出せそうなんだけど、おぼろげにしか浮かんでこない。でもどこで見たんだろう。それ以上は無理だった。というより、自分が見ている光景に気を取られて考える暇がなくなった。

金ぴか衣装を着た明らかに変な爺さんなのに、サボテンを見る目つきがなぜか優しい。その目で見つめられるサボテンはまるで命を吹き込まれているようだ。爺さんとサボテンと手品。わけがわからないのに、なぜだか目が離せない。

こんな映像を見て考えを巡らせられるとは、死ぬまでまだ時間があるらしい。僕はこの目でしっかりとその光景を見ていた。そのうちに爺さんとサボテンたちはゆっくりと消えていき、今度は僕に似たような少年の姿が見えてくる。これから何が始まろうとしているのだろう。

その物語は突然、奇跡のように僕の前に降ってきた――。

第一章　目覚めるサボテン

例えばふたつのよく似たものを見比べた場合、一ミリの長さ、一グラムの重さ、一ミリリットルの量など確かな違いがあったとしても、手に持ったところでその違いがわかる人はほとんどいないだろう。だいたいの人は、違いがあることすら気づかずに見過ごしてしまう。新たな見方をしなければ、ずっとそのままの状態。

それは生き方に置き換えても一緒だ。ほんの些細なズレに気がつかないまま過ごしてしまう。だが、その見逃してしまうちょっとしたズレが、人生を大きく変えてしまうことにもなるかもしれない。

目的地がどこにあるか定まっていなければ、そういう成り行き任せも悪くはないと思う人もいるだろう。でもそれで本当にいいのだろうか。

ときには何かに気づかなければ、大事なものを失ってしまうことにもなりかねない。どこかで無駄にしてしまうものもあるかもしれない。特に素直じゃない凝り固まった考えに捉われてしまうと、人生の軌道もまたとんでもない方向へとズレていってしまう。

俺の子供の頃はまさにそんな人生を歩んでいる最中だった。暗い世界の中で、ひとりうずくまっていた。あの街で〝あの子〟に会うまでは――。

出会ったときは、ただ細い針で突いたような小さな穴が目の前に現れただけにすぎなかったかもしれない。見落としてしまいそうなほど、小さな穴。

しかし、確実にそのとき、俺の中に違いが生じたのだ。そして彼女は、その小さな穴から暗闇の中にいた俺をいとも簡単に連れ出してくれた。

俺は小さい頃、親戚の家を訪ねて、母とふたりである街によく行っていた。その街に行くたび、やわらかいものに包み込まれるような不思議な感覚を得ていた。安心感。その街にはそういうものが目に見えるようにあった。

人々は道ですれ違いざまに笑顔で挨拶したり、子供たちが積極的に町内のごみ拾いのボランティアをしたり、常に明るく綺麗に保たれて、平和な街という言葉がぴったりだった。

そこには俺の親戚、詳しく言うと、俺の母親の姉夫婦と俺よりも五歳年上の従兄弟の芳郎《よしろう》兄ちゃんが住んでいた。伯母は『淑子《としこ》も悠斗《ゆうと》ちゃんもよく来てくれたね』と嬉しそうに言って、俺たちをいつも優しく歓迎してくれた。街も人も空気も流れる時間も、そこは自分が住んでいるところと比べると何もかも違っていた。

特に坂の上の丘に集まって建っていた家々は、大きさやデザインからしても金持ちだとひと目でわかる感じがした。

大きな庭に囲まれた洋風の白い外壁の家。それが伯母の家だった。家具も洒落ていて、掃除も行き届いている。吹き抜け部分にシャンデリア。子供の目から見ればまるで城のように見えた。

そこに住んでいる伯父も名のある会社のお偉いさんだし、伯母も好きなことをして生活を楽しんでいるような人だった。伯父はどっしりと構えた紳士、伯母はおおらかで優しい淑女と、どちらもいつも落ち着いていて貫禄があった。

そんな夫婦の間に生まれた息子——芳郎兄ちゃんも、幸せいっぱいの家庭で勉強に励み、文句のつけどころのない優等生に育った。

伯父も伯母も優しく、芳郎兄ちゃんも弟のように俺をかわいがってくれるから、俺はその家へ遊びに行くのが大好きだった。

芳郎兄ちゃんは俺の憧れでもある。物知りで、いろいろなことを俺に教えてくれた。二階のベランダから望遠鏡で月や星を一緒に見たり、星座を調べたり、勉強を教えてもらったり、一緒に過ごすのが楽しくて仕方がなかった。その家では、夜遅く起きていても怒られなかったから、一晩中芳郎兄ちゃんとしゃべったこともあった。

年が離れているから、芳郎兄ちゃんは自分でも兄貴にならなきゃと思っていたんだろう。だからいつも俺を気遣って優しい言葉をかけてくれて、俺も芳郎兄ちゃんに素直に甘えていた。お互いひとりっ子同士だったたから、兄弟ができたみたいで楽しかった。

母にとってもその家は特別だった。両親はすでに他界していたため、頼れるのは姉しかいなかったのだ。父と母はいつも喧嘩が絶えないから、母は俺を連れて逃げ込むように伯母の家を訪れた。

俺の父親は、短気で口が悪い。酒飲みで、酔えば普段以上に乱暴な男になり、そんな日は必ず母と父の喧嘩が勃発する。物は飛ぶしよく壊れた。自分の部屋に閉じこもって喧嘩を見ないようにしても、狭いアパートでは嫌でも物が壊れる音や両親の怒鳴り声が耳に入ってくるから、体はこわばって安らぐときがなかった。

ものが壊れても新しく買い直す余裕もないから、壊れたままで我慢し、直せるものはテープで修繕したりする。切り詰めた生活のために、俺の欲しいものなんて買ってもらえなかった。貧乏な生活と父親の暴力。あまり幸せとは言えない幼少時代だ。

気を紛らわすために、親の喧嘩中は耳を塞いで布団の中にこもっていればよかったのかもしれない。けれど、もし包丁でも出てきて流血沙汰になったらと思うと、親の言い争いは全く無視することもできず、非常事態に備えて身構えていた。いつもビクビクするような家庭だからこそ、あの街のあの家に行くときは心が安らいだ。

そんなわけで、伯父、伯母、芳郎兄ちゃんのいるあの街へ行くのは俺の楽しみだったが、〝あの子〟と会ってからはもっと特別な場所になっていった。

それなのに俺は〝あの子〟の前ではいつも素直になれなかった。意地を張って、思っていることと全然違うことを言ったり、謝りたくても謝れなかったり捻くれ者だった。

だけど〝あの子〟はそんな俺に優しく寄り添って、救いの手をいつも差し伸べてくれた。なぜあんなに俺のことを考えてくれたのか、今なら心が痛くなるほどよくわかる。


大人になって、俺は小学校の教師になった。子供たちひとりひとりの顔を見ていると、あのときの俺と同じような子供がいる。彼らはそれぞれ問題を抱え、『助けてほしい』と言葉ではなく体から信号を発している。

それがよく見えるからこそ、今度は俺がマジシャンになって、魔法を使うようにして子供たちを喜ばせ、救ってやりたい。少しでもいい方向に向かうようにと、その道を一緒になって見つけてやりたい。子供たちを見ているとそんな思いが湧き出てくる。

俺が教師の道に進んだのはそういう事情も入っているのだが、でも一番の理由は、『将来先生になるよ』と〝あの子〟に言われたからだった。

マジシャンに憧れて俺に手品を見せてくれた〝あの子〟。それがまた下手くそで、毎回失敗ばかりしていた。それでもいつも笑顔で俺に手品を見せてくれた。いつもどこか抜けていてボロが出たけど、信じられないような力を出し切って、俺を感動させてくれたのだ。

――俺は今、込み上がってくる切ない思いに胸を締め付けられている。このとき俺は、小さなサボテンの鉢植えをしっかりと腕に抱えていた。

そう、今まさに奇跡が起きた瞬間。そしてこの奇跡は三回目のことだった。

放課後、子供たちが家路に着こうとしているざわついた教室内で、俺はサボテンの鉢植えをそっと教室の後ろの棚の上に置いた。

「あれ!?　先生さっき教室から出ていったばかりなのに、何でここにいるんですか?」

大きな声を出して子供たちが騒ぎ、驚きながら俺を見つめている。

「ほんとだ!　いつの間に戻ってきたの?」

「あっ、サボテンだ。何でそんなの持っているんですか?」

わいわいと子供たちが寄ってきて、不思議そうに俺とサボテンを見ている。

子供たちが驚くのも無理はない。まだ心臓がドキドキとして、俺自身も驚いていたくらいだ。

俺はそのとき、今にも泣きそうな顔をしていただろう。そんな表情を悟られまいと体にぐっと力を入れて子供たちを見て微笑んだ。

「これか?　これは先生の大切な人がくれたんだ」

「大切な人？」

さらにまた数人の子供たちが集まり俺の周りを取り囲む。好奇心いっぱいの目がサボテンに向かっていた。ひとりの生徒がサボテンにさわろうと指を伸ばしかけるのを、俺は笑って忠告する。

「棘に触れたら痛いぞ」

その生徒は指をすぐに引っ込め、身を縮ませるように怖がった。そのしぐさがかわいい。周りの子供たちもそれがおかしかったのか、ケラケラと笑い出す。

「そんなに怖がらなくても大丈夫だ。サボテンは襲わないから。よく見てごらん。棘があっても優しそうに見えるだろ」

サボテンのためにも俺はそう言った。子供たちはそれを確かめようとサボテンを見つめている。

「ねぇ、先生、これって花が咲くんですか」

また誰かが質問してくる。俺はその質問に何て答えていいかわからなかった。

サボテンが花を咲かせることは知っているが、このサボテンはこの先も花を咲かせるのだろうか。

『このサボテンは三回だけ花を咲かすの』

あどけない、けれどはきはきとしたあの声が蘇る。その三回目の花は今ちょうど咲き終わったところだった。

「そうだな、咲くかもしれないな。さあ、みんな、そろそろ家に帰る時間だぞ。暗くなるのが早いから道草せずに真っ直ぐ帰れよ」

「はーい。先生、さようなら」

教室から追い出されながらも嫌な顔はせず、みんな元気な声で俺と挨拶をする。子供たちが去ったあと、教室は音を消したように静かになった。秋の西日が物悲しく赤く落ちていく中、俺はしばらくサボテンと見つめ合っていた。

そして下手くそな手品を披露してくれた、〝あの子〟のことを考える。俺専属のマジシャンであり、そして本当に奇跡のマジックショーを見せて俺に大切なことを教えてくれた〝あの子〟――花咲《はなさき》葉羽《はばね》。今でもあの時の笑顔が脳裏に浮かぶ……。


小学四年生の夏休み、母に連れられて、伯母の家に数日遊びに行った。芳郎兄ちゃんは高校受験を控えていて、その時泊まりがけで塾の強化合宿に参加していたから会えずにいた。いつも相手してくれる芳郎兄ちゃんがいないと、少しがっかりしたが、その分、伯父も伯母も退屈しないように俺に気を遣ってくれた。

「折角来てくれたのに、芳郎がいないと悠斗ちゃんも遊ぶ相手がいないから、つまらないかもね」

伯母が深刻な悩みのように呟いた。

芳郎兄ちゃんがいないのは残念だったけど、勉強のためなら仕方がない。俺は平気な顔をした。

「あっそうそう、お向かいに葉羽ちゃんという女の子がいるんだけど、悠斗ちゃんと同じ学年だから、気が合うかもしれないわ。一緒に遊べるか頼んであげる」

俺は一瞬、女の子と聞いて気が乗らなかったし、自分の遊び相手を無理に用意されるのには抵抗があった。

自分の気持ちを伝えたいと唇がかすかに動いたが、すっかり乗り気になっている伯母を見たら言うに言えない。たおやかに笑う伯母に悪いと思い、俺はただ曖昧に笑ってごまかした。

それを肯定と受け取った伯母は、早々と家を出て向かいの家に走っていく。そしてさっさと一緒に遊ぶ約束を取り付けてきた。

伯母のことだから、俺が是非とも遊びたがっていると大げさに言ったのだろう。伯母は何かと面倒見がよく、近所でも頼られている。人望が厚く、反対に伯母が頼みごとをしても拒む人がいない。

俺もそれを十分理解していたから、気乗りしなくても断ることなどできなかった。伯母の意見は、素直に聞くのがいつも正解だった。

自分の母親と言えば、そんな姉に甘えて頼りっぱなしだ。俺のことなどすっかり忘れたように、この街に来ると好きなことをし始める。このときも買い物に行くと言い出して、伯母に車を出してもらっていた。そうしてさっさと準備をしてしまうから、俺は家からほっぽり出されて、どちらにしろその向かいの家に否が応でも行くことになった。

「よろしく頼みます」

俺を預けたあと、母も伯母もさっさと買い物に行ってしまった。こんなことができるのも、伯母の近所付き合いの中で花咲家は特に仲がいいからだ。

芳郎兄ちゃんが、ときどき葉羽の勉強を見てやることもあるらしい。この花咲家は俺が芳郎兄ちゃんの従兄弟というだけで、面識がなくとも優しく受け入れてくれた。実際俺は、芳郎兄ちゃんなんかと比べものにならない。そう、まさに月とすっぽん。嫌われたらどうしようと、緊張しながらその家の敷居を恐る恐るまたぐ。

「いらっしゃい」

その家の母親――花咲早苗《さなえ》が、上品な笑みを浮かべ明るく歓迎してくれた。父と喧嘩してばかりの俺の母親とは全く対照的な気品と優雅さに、俺は一瞬たじろいだ。住む世界が違う。これが金持ちの家庭なんだろうか。俺はそのとき、妬みという感情もわかっていなかったけど、どこかで自分の家とは違うこの花咲家を羨んでいたのだと思う。

だから、葉羽もそういうところに住んでいるから、貧乏な俺にも気遣って優しくしてくれたんだと、当時は少し卑屈な考えを持っていた。

俺はどういう態度で接したらいいのかわからず、気後れしながら玄関先で棒のように突っ立っていた。

「ええと、芹藤《せりふじ》悠斗君だったね。さあ、どうぞ遠慮せずに上がってちょうだい」

早苗さんは、温かく俺を迎えてくれた。その後ろで、少し恥ずかしげに葉羽が様子を窺っていた。もうひとり、小さい男の子が俺をじっと見ている。どちらも人見知りするのか、母親の服を掴み、緊張しながらもじもじしていた。

覚悟を決めて「お邪魔します」と、大きな声を出して家に上がると、そのふたりはどきっとしたのか、体をびくりと反応させた。

「えっと、こっちが葉羽で、こっちが弟の兜《かぶと》。ほら、挨拶は？」

葉羽が消え入るような声で「こんにちは」と言い、兜は母親の影に隠れたまま俺の様子を観察していた。

そのときの葉羽は、ショートヘアーだったから男の子のように見えた。でも、全然活発そうでなく、どちらかというと、体が細くて背も小さいので、いわゆる〝もやしっ子〟みたいだった。俺と同い年ということだったけど、まだまだ小さい子供にも見える。

　大人しそうな子なので、ちゃんとしゃべってくれるか心配だった。そういう俺も自分の家庭とは違う雰囲気に身をこわばらせていたのだけれど。お互い緊張してぎこちなく、うまく話せなかった。

　名前を呼ぶ前にまずは心の中で『葉羽』と言ってみたが、その名前が珍しく、不思議な感じがした。葉っぱの羽と書くと知ったとき、何となく蝶々のイメージがわいた。

　花咲という苗字と合わせると、葉羽は花の周りで飛び回る妖精にも感じられた。実際、彼女は妖精に喩《たと》えても過言ではないくらい、優しい少女だった。

　そして、そんなことをサボテン爺さんも言っていた。

　サボテン爺さんとは、名前のごとくサボテンが好きでサボテンをいくつも育てているこの街の名物爺さんだ。ただ、俺はサボテン爺さんのことを、葉羽の口から聞くまでは知らなかった。

　もしあのとき、この姉弟とサボテン爺さんに会いに行かなかったら、俺は葉羽と深く交わることはなかっただろう。

「さあさ、奥へどうぞ」

　早苗さんは、俺を冷房のきいた涼しい居間に案内し、葉羽と兜はあとから黙って入ってきた。広々とした空間に、大きなテレビや綺麗なタンスなどが整って置かれている。高級感のある伯母の家に似ていたが、違うのは葉羽と兜の私物らしいものがあるせいで生活感に溢れていたことだった。

「ゆっくりくつろいでね」

葉羽の母親の言葉で、俺は目の前にあったソファーに腰かける。俺が座ったのを確認してから、母親は優しい笑みを残してその場を離れていった。

誰も言葉を発しない静まり返った部屋に、ひんやりとした空気が流れていく。葉羽と兜は俺の出方を窺うようにぎこちなく俺を観察していた。ふたりはしゃべらなければならない義務を感じながらも、まだどうしていいのかわからないまま、部屋の隅で落ち着かず不自然に立っているようだった。お互いを意識した静けさがどこか居心地悪い。

しばらくそれが続いたあと、早苗さんが、人数分の冷たい麦茶を入れたグラスと、お菓子を盛りつけたお皿を運んできた。

「遠慮なくどうぞ」

気をきかせたつもりなのか、早苗さんは麦茶とお菓子を置いてすぐまた部屋を出ていってしまった。何もすることがない俺は、遠慮なくグラスを手に取って麦茶を口にする。甘いジュースを出されるよりその冷たいすっきりとした麦茶は香ばしくてとても喉越しがよく、緊張で乾いていた俺の喉を素早く潤してくれた。

俺が一気に麦茶を飲むのを、葉羽と兜が見守っていた。空のグラスをテーブルに置いたとき、葉羽が口を開いた。

「おかわり、いる?」

「僕のも飲んでいいよ」

兜も続いて言った。

俺の飲みっぷりに、よっぽど喉が渇いていたと思ったのだろう。ふたりとも突然俺をもてなすように気を遣ってくれた。

ふたりはそうやって話しかけてくれたのに、俺はまだ緊張していて、思わずそっけなく首を横に振ってしまった。でも、一度口を開いたことで緊張が解けたのか、兜は俺の態度を気にするそぶりを見せずに、顔を明るくさせる。

「お兄ちゃん、よかったらこれも食べてね」

そばに寄ってきて、お皿に盛り付けてあったチョコレートを手にとって俺に勧める。

「ああ、ありがとう」

無理やりに目の前に差し出すので、断れなくてひとつもらって口に入れた。チョコレートにはアーモンドが入っていて、噛むと、かりっと音がした。

「わぁ、お兄ちゃん、いい音出すね。じゃあ、僕も」

兜はその音が気に入ったのか、自分もチョコレートを口に入れた。だけど兜の口には大きすぎて噛むのに苦労していた。兜がようやくかりっと噛むと、俺たちは同じものを食べた親近感から一緒に笑った。たったそれだけのことだったけど、兜とは仲よくなれそうな気がした。

「あっ、そうだ。お兄ちゃんに僕のおもちゃ見せてあげる」

すっかり緊張が解けたようで、兜は自分のおもちゃ箱を部屋の隅から引っ張り出して俺のそばに座った。

目の前に何かのキャラクターのぬいぐるみやロボットを広げて、得意げな顔をする兜に、「すごいな」と、羨ましいふりをしてやる。

姉しかいないから、男の俺と遊ぶのが楽しく感じたのだろう。さっきまでの態度が一変して、ニコニコと俺との距離を詰め甘え出してきた。

俺も芳郎兄ちゃんと遊んでもらったことを思い出し、昔の自分を見ているようで嬉しくなった。今は俺がお兄ちゃんの立場になったのだ。

でも葉羽には、どのように接していいのかわからず、俺は遠慮がちにちらりと彼女に視線を向けた。

葉羽も同じ思いなのか、まだ恥ずかしげにもじもじとしながら、目だけはじっと俺を見ていた。本当は混ざりたいのだろうと思い、一度小さく息を吐いて俺のほうから話しかける。

「葉羽のおもちゃも見せて」

女の子のおもちゃなどあまり興味がなかったが、その場を凌ぐ会話はこれくらいしか思い浮かばなかった。

そのとたん、葉羽は顔をぱっと明るくさせ、待ってましたと言わんばかりに部屋を飛び出した。そして大きな箱を抱えながら戻ってきた葉羽。その目はキラキラと輝いている。

「それ、何？」

箱の中はおもちゃとは言いがたい、何だかよくわからないカラフルな道具が顔を覗かしていた。葉羽はその中のひとつを取り出して、突然わざとらしい声をリズムよく上げた。

「種も、仕掛けも、あ～りません！」

くねくねと妙な動きで体を左右に揺らしてから、思いっきり両腕を俺に突き出して持っていた道具を見せた。俺はただびっくりして、ぽかんとしながら目の前の葉羽に視線を向ける。

葉羽が取り出したものは、少し大きいマッチ箱のような、手のひらに収まる木箱だった。

木箱をスライドさせて中身が空なのを俺に確認させると、その中にコインを入れ再び閉めた。

「それでは今からこのコインを消してみせます。えいやっ！」

恥ずかしげもなくそんなかけ声を出してから、葉羽は再び箱をスライドさせてその中身を見せてくれた。葉羽は笑顔いっぱいに俺を見ていたけど、俺は固まったようにじっとして何の反応も示せなかった。というより、呆れて唖然としていた。

こんな手品はテレビなどで見慣れているし、種も何となくわかる。箱の底が二重になっていたりするんだろう。コインはそこに隠れているだけで、消えたと思わせる。

本当に消えていたら俺だって一瞬は驚いたかもしれない。けれど葉羽が持つ木箱の中のコインは、消えずにそのままそこに残っていたから、正直俺はどうリアクションしていいのかわからなかった。

この場合、とりあえずはおだてるべきなのか、それとも優しく慰めるべきなのか。盛大に滑っているため、おだてても慰めてもわざとらしく感じる。

その失敗に葉羽もやっと気がついたのか、バツが悪そうにして、ただ取り繕うようにごまかし笑った。そのあとは開き直ることにしたのか、せめて恥ずかしさを払しょくしようと踏ん張っていた。

「悠斗君を笑わせるために、わざと失敗しました」

そんな言い訳をしても俺が笑わないから、葉羽はひたすら恥ずかしそうにしていた。

俺もまたどうしていいのかわからないでいると、兜が俺を気遣うように口を出す。

「お兄ちゃん、気にしないでいいよ。お姉ちゃん、いつも失敗してるから」

淡々と弟に言われ、葉羽はぐうの音も出ないようだ。顔を赤くしてひたすらその場で固まっていた。俺はそんな葉羽の姿をいじらしく感じ、見兼ねて口を開く。

「ああ、そうか。でもかけ声とかは、よかったと思う、たぶん……」

とりあえず褒めるところを見つけて笑顔を添えた。ちょっと引きつっていたかもしれないけど。

「そっか、かけ声はよかったのか。よっし、もっと頑張ってみんなが喜んでくれるようなマジシャンにならないと」

それでも葉羽は、俺のなけなしの優しさにほっと顔をほころばせた。その顔を見たら何だか急に葉羽がかわいく思えてきて、俺との距離がぐっと近くなったような気がした。

葉羽の失敗は却ってよかったかもしれない。弾き合っていた緊張がすっかりなくなり、子供同士の他愛ない会話でその場がどんどん和んでくる。

俺も箱に入っていた葉羽のマジックの道具をさわらせてもらい、少しチャレンジしてみた。子供用の簡単な仕掛け。説明がなくともさわるだけですぐに使いこなせた。

「悠斗君、初めてなのにすごい。私なんかよりずっと才能あるよ」

葉羽がやたらと大げさに褒めてくるので、本気で言っているのかどうかは定かでなかったが、こんな子供だましの手品セットでここまで言われると、よほど葉羽が下手くそなんだと言いたくなった。

でも次から次へと道具を俺に差し出し、ひとつひとつ扱い方を真剣に語る姿を見ると、馬鹿になんかできなかった。

「ここはこうすればいいんじゃないかな。こんなふうにエイヤー！って」

手品をしているうちに、俺もだんだん楽しくなってきて、かけ声を出しながら自分のやり方を見せていた。

「うわぁ、悠斗君かっこいい」

手をパチパチ叩いて葉羽に褒められるので、俺は照れてしまう。

「お兄ちゃん、すごい、すごい」

兜まではやし立てるので、その場が一気に明るくなった。

「悠斗君、これを使ってもう一回やってみて」

葉羽はシルクハットと黒いマントを俺に見せた。子供用の手品の衣装だ。

戸惑う俺の頭に、シルクハットをかぶせる葉羽。つやつやとした光沢のある黒いマントが宙にひらりと広がって俺の背中を覆う。葉羽の小さな手で紐が結び付けられ、首元が何だかこそばゆい。

「これでよし」

困惑して突っ立っている俺を見て、葉羽は満足そうに頷いた。

「お兄ちゃんかっこいいよ」

兜も笑顔で俺を見て褒めている。お陰で悪い気がしない。

兜はすっかり俺に懐いてくれたし、葉羽も俺に「あれもして」「これもして」と積極的にねだってきた。俺も手品の衣装を身に付けて大きな声で笑っていると、ときどき様子を窺いにきた早苗さんが、打ち解けて遊んでいる俺たちの姿を見て笑みを浮かべていた。

葉羽は手品の話ができるのが嬉しいのか、休むことなく口を動かし続けている。

「——それでね、そこのサボテン爺さんが私を弟子にしてくれたの」

「サボテン爺さん？」

「そう、サボテンをたくさん集めているお爺さんで、手品をよく見せてくれるの」

変わった爺さんだと思ったが、いまいち想像ができなくてこのときはあまり深く考えなかった。

「そのサボテン爺さんは、手品がうまいの？」

「とにかくすごいんだよ、技が大きくてあっと驚くの。たまに誰かを実験台みたいにしてトリックを披露しようとするんだけど、みんな逃げちゃうから、私が手伝ってるの。私はただ楽しいから手伝ってるんだけど、サボテン爺さんはそれが嬉しかったみたいで、弟子にしてくれたんだ。それから私はシショって呼んでる」

それを言うなら師匠《ししょう》と「う」までしっかり語尾を発音しろと思ったが、舌足らずな言い方が葉羽らしくて可愛く感じた。

「そうだ、今から遊びに行こうか。私は弟子だからいつでも遊びに来てもいいって言われているの。悠斗君のことも紹介してあげる。シショ喜ぶと思う。すごい子供好きなんだ」

「今から行くの？」

俺はそう聞き返したが、葉羽は思い立ったら吉日とでも言うようにすくっと立って、母親に「サボテン爺さんの家に遊びに行く」と興奮気味に知らせにいった。早苗さんは、反対することなく笑顔で送り出してくれた。

兜が俺の手を握って歩いている。この暑い中、俺は汗ばんだ手でそれを受け入れていた。こんなふうに懐いてくれるのは、嬉しかった。

普段からひとりで過ごすことが多かったから、誰かと一緒に何かをするのが楽しくて仕方がない。いずれ自分の街に戻れば、寂しい生活が待っている。それを思うと、この姉弟に自分が染まってしまうのを恐れてしまう。仲よくなりすぎると別れが辛くなることを、心のどこかで感じていた。

前を歩く葉羽を見ながら汗をぬぐう。太陽の日差しが眩しすぎて、俺は目を細め渋い顔つきになっていた。

どこまで歩くのだろう。道すがら目に入る家はどれも大きく立派で、この一帯が自分が住んでいる街とは全然別の世界に思えた。きつい太陽の日差しがじりじりと身を焦がしていく。まるで砂漠だ。でも周りの家はたっぷり水を蓄えて、どれも潤って見えた。ここではどんな環境でも動じない、明るい未来がいつもあるように思えてならなかった。そんな気持ちを抱きながら、葉羽に案内されて、その噂のサボテン爺さんの家まで来た。

そこで立ち止まったとたん、心臓がどきりとした。俺は額の汗を無造作にぬぐいながら、しばらくその家を見上げて棒立ちになった。とにかくでかい柱のようなサボテンが、育ちすぎて束になり、一階の高さを余裕で越えて家を征服している。大きくなりすぎて倒れないように紐で縛りつけられている姿は、捕えられた生き物のようだ。うじゃうじゃと巨大サボテンに乗っ取られた家。その光景に圧倒されて動けなかった。

しかも、それだけでは収まらずいろいろなサボテンが鉢植えされ、それも塀の上や玄関先に所狭しと並んでいた。どこもかしこも、家の周りはサボテンだらけ。ギラギラとした直射日光を受け、その家は光と影がくっきりとしていた。それが不気味に見えて怖くなった。

何なんだ、この家は。立ちすくんで驚いている俺の顔を見るのが楽しいのか、葉羽は笑ってその家のインターホンを得意げに押していた。中から「はい」と受け答えするかすれた声が聞こえ「シショ、葉羽です」と葉羽が応答すると、「おお、葉羽ちゃんか。ちょっと待っておくれ」と親しげなやりとりが交わされた。そしてそのあと、勢いよく玄関のドアが開くと老人が飛び出してきた。

「ちょうどいいところに来た。今、新しいマジックの練習やってたんじゃや」

かろうじて産毛が残っているような禿げ頭。顔にはチョコレートをつけたような染みがところどころにあり、やせ細っていて骸骨っぽい。でも葉羽を見るなり嬉しそうに微笑んだ顔は、人のよさそうな優しいお爺ちゃんそのものだった。

この人がサボテン爺さん――。

巨大なサボテンが守護神、鉢植えのサボテンが信者のように取り囲み、サボテン爺さんはその名の通りサボテンから慕われ愛される主《ぬし》のように見えた。

「シショ、今日は、友達を連れてきました。一緒にいいですか?」

「もちろん歓迎じゃ。さあさ、中へ入りなさい。暑いのによく来てくれたな」

葉羽をよほど気に入っているのか、優しい眼差しを向けて破顔し、サボテン爺さんは俺たちを家に招き入れてくれた。玄関で靴を脱いで上がり込んだ俺たちは、サボテン爺さんに案内されて廊下を歩く。家の中も、サボテンの鉢植えが至るところに置かれていた。

サボテン爺さんの和室に通されると、薬草めいた年寄りの独特なにおいが鼻をかすめた。その部屋にも鉢植えのサボテンがあり、積み重なった段ボール箱や手品の道具で溢れていて、きちんと整頓されているとはお世辞にも言いにくい。ずぼらな人なのかもしれない。その辺を適当に片付けながら、サボテン爺さんは恥ずかしげに笑っていた。

「すまんのう。汚くて」

そう言いながら押し入れから座布団を出して、それを横一列に並べて置いた。

「じゃあ、ここに座っててちょっと待っててくれ」

サボテン爺さんが部屋を出ていく。俺たちは部屋の真ん中で、横に揃えて並べられた座布団に座った。葉羽はニヤニヤと笑いながら俺を見ていた。

「な、何だよ」

俺が聞いても、葉羽はただいたずらっぽく笑うだけだった。そしてそれとは反対に、兜は少し心配そうな目を俺に向けていた。対照的な姉弟の表情に、俺は頭に疑問符を浮かべながらサボテン爺さんの部屋の中を隅々まで見回す。ところどころに置かれたサボテンが奇妙な存在感を出していた。

先ほどの暑さから解放され、汗が急激に引いていく。その涼しさにほっとしていたのも束の間、サボテン爺さんが現れたときは驚いて目が飛び出るかと思った。

「ええっ……」

言葉にならない驚きが、喉の奥から反射した。

俺がびっくりしているのに、葉羽はけたけた笑って拍手をし、兜は平然と座って目の前のものを受け入れている。見れば見るほど、サボテン爺さんは奇妙な格好をしていた。てかてかの金ぴかジャケットを着て、首には扇子《せんす》をふたつあわせたような七色の大きな蝶ネクタイをしていた。宴会で催されるかくし芸に着るような素人らしい服装だが、慌てて穿《は》いたのであろうか、ジャケットとおそろいである金ぴかパンツのファスナーが思いっきり開いていた。そんな姿なのに、恥ずかしげもなくひとりノリに乗ったかけ声をかけながら、くねくねと独特のリズムで踊っている。

見ているほうが恥ずかしくて顔を伏せたくなったが、そのとき、葉羽のかけ声が入った。

「よっ、シショ、かっこいい」

「ええっ……」

俺の動揺などそっちのけで、サボテン爺さんは、ますます得意げになって道具を手に取り手品を始めた。

「チャララララ～♪　チャラララララ～ラ～♪」

音楽も自分で口ずさむ。手品では定番の『オリーブの首飾り』だ。

葉羽はすっかりサボテン爺さんのペースに合わせていたので、俺は隣にいた兜にそっと声をかけた。

「あのさ、これって一体……」

「これがサボテン爺さんの手品だよ。いつもこんな感じ」

兜は落ち着いていた。さっきまで遊んでいたときは子供らしく笑っていたのに、どこか大人な対応だ。

「だってあれ、よく見てみろよ。前、開いてるぞ」

「うん、あれもいつものことだから。慣れた」

これは慣れですまされるものなのか。ひとりで突っ込みながら、俺は念力でも送るようにサボテン爺さんがファスナーに気がついてくれることを願った。

俺は、ただただ目の前で繰り広げられる異様な光景に愕然《がくぜん》としていた。兜は平然と見ているし、葉羽は楽しそうにキャッキャと声を出して喜んでいる。そして俺だけがこの状況についていけず、ただ口を開けてぽかんとしていた。

そうなったのも、葉羽たちの対応についていけなかっただけじゃなく、サボテン爺さんの手品のすごさの意味がわかったからだった。

「目にも留まらぬ速さのトランプさばきだぞ。瞬きしてたら見逃すぞ」

くねくねと左右に体を振った妙な動き。トランプを手の中でアーチ状に曲げて持ち、弾き飛ばそうとしている。もう片方の手がそれを受け止めるために下で構えていた。パラパラッとトランプがはじける。スプリングだ。でもはじけてない。手からすり落ちていく。最後はかろうじて手に残っていた数枚のトランプまで、投げやりに放り投げていた。

「タダーン」

失敗してもオーバーなリアクションで、とてもすごいトリックを見せたように決めポーズをとっている。なぜかその顔は自信満々だ。

「まだ練習したてで、ちょっと早かったかもしれん。まあ、形だけは様になっていただろう。では次行くぞ」

出だしから俺は心配になった。この調子で大丈夫なんだろうか。

足元に落ちたトランプを豪快に蹴散らし、キャスターがついたワゴンを部屋の隅から引っ張り出してきた。その上には黒い箱が用意されている。けれど引き出しがついているのが見えて、そこに何かが入っているのはバレバレだった。

「それじゃ、この空の箱から鳩を取り出すぞ」

ええ、鳩?　何だか不安になってくる。箱が空なのを見せながら、堂々ともう片方の手が、手前のワゴンの引き出しを引いていた。

まさかあの引き出しに鳩が……と思ったら、それらしきぬいぐるみを引っ張り出して、いかにも箱から出てきましたよという演技をしている。本物の鳩じゃなかったことでほっとしたけれど、やっぱり到底手品には思えない。

サボテン爺さんは、鳩のぬいぐるみをいかにも生きているように動かした。

「はい、ピーちゃんご挨拶は」

サボテン爺さんがそう言うと、鳩が変な声で応答した。

「こんにちは。ぼく、ピーちゃんです」

腹話術のつもりなんだろうが、サボテン爺さんの口は思いきり動いている。

「それじゃピーちゃん、お家に戻ってね」

サボテン爺さんは鳩をまた引き出しの中に戻していた。一体あれは何だったのだろう。考える暇もなく、急にパンと勢いよく両手で叩いた音が部屋に響いた。

「さてさて、お次は……」

このような調子でサボテン爺さんの手品が続いていく。

ステッキが花に変わる定番のネタ。これは葉羽の家にもあった道具だった。でも引っかかってうまく花が出てこない。俺は葉羽の家で練習もなく一発でできたというのに。

紙にペンを通して穴が開いてないと見せる手品も、次々とペンを突き刺して穴を開けるだけ開けて、最後はくしゃっと丸めて捨てた。はなから成功させる気がないみたいだった。

ハンカチから出てくる玉は手から見えてるし、口からいろんな旗を出そうとするのも袖から紐が出ているし、空のコップに現れるコインも隠そうともせずポケットに手を突っ込んで取り出してるし、わかりやすいほどに種が丸見えだ。大げさな動きをし、得意げになっている。まるでコントだ。

でも、最後はさすがにまずいと思った。

「それじゃフィナーレに水が消えるマジックだよ」

そ、それはやめたほうが……しかし、サボテン爺さんの顔つきが今まで以上に真剣になり、もしかしたらもしかするのでは？　これまでが前ふりだったのかもしれない。ここでフィナーレにふさわしく盛大にうまくいくのではと、思わず固唾を呑んだ。円すいに丸めた新聞紙。ピッチャーから水が放たれ、それが流れ込んでいく。その水の行方は——見事に畳にこぼれていった。

「ええ！」

俺は思わず声を上げた。

「はい、ピッチャーから水が消えました」

サボテン爺さんはピッチャーをさかさまにする。ち、違うだろうと突っ込もうとしたけど、いそいそと雑巾を取り出してこぼれた水を拭いているのを見ると、何も言えない。最後にはドライヤーまで持ち出してきて、結構慌てていた。

「畳はぬれるとやっぱりまずいな」

ドライヤーの熱風が畳を乾かす。そんなことを暢気《のんき》に言うサボテン爺さんを、俺は笑わずにはいられなかった。俺が笑ったのを見て、サボテン爺さんも嬉しそうにしていた。

サボテン爺さんは失敗も恐れず、それは見事に楽しくひとりで手品を続ける。その形姿《なりすがた》は、失敗しても一生懸命に取り組む姿勢が美しいと教えているようだった。あまりにも圧倒されて、ここまでくると本当にすごいとしか言えない。この爺さん、只者ではない。

何だか震えてきたが、それは汗ばんだシャツが冷やされて体温が逃げたからだろうか。いや、これは感動して身が震えたサインなのかもしれない。最初は呆れていたけど、結局は知らないうちに魅入っていた。

畳の始末が終わると、サボテン爺さんは背筋をピンと伸ばしてからフィナーレにふさわしくゆっくりとお辞儀する。葉羽は敬愛を込めて拍手をし、兜も合わせて手を叩いた。放心していた俺は、一テンポ遅れて慌てて手を打った。

サボテン爺さんの足元は、先ほどの手品の残骸がゴミのように散らかっていた。大胆なめちゃくちゃさ。俺はお見事と思わずにはいられなかった。これが、葉羽が言っていた〝すごい手品〟だった。

葉羽は手品を楽しむというより、このはちゃめちゃなサボテン爺さん自体が好きなのだろう。サボテン爺さんも満足した笑みを浮かべて、優しい眼差しを俺たちに向けていた。

「さあ、次はアイスクリームをみんなで食べよう」

サボテン爺さんは部屋を片付けることもなく、俺たちをダイニングテーブルがある台所に連れていった。

金ぴかの衣装にもすっかり目が慣れて、いつの間にか違和感がなくなっている。あの、堂々と開いたパンツのファスナーも——。サボテン爺さんはこういう人なんだと強烈に俺の記憶に焼きついた。

俺たちを台所に案内し、サボテン爺さんは冷凍庫からカップに入ったアイスクリームを取り出した。うぉ、ハーゲンダッツ。それを惜しみなく俺たちに差し出す、サボテン爺さんの気前のよさを感じた。

「シショ、トランプは滑りが悪かっただけじゃないですか」

アイスクリームの蓋を開けながら、葉羽が言った。

「そうなんじゃ、普通の紙のトランプははじけにくいものがあるな」

手品についてふたりが述べ合う間、俺と兜はもくもくとアイスクリームを口に入れていた。遅れて葉羽も食べ出すと、台所は静かになり、サボテン爺さんは俺たちを見守るようにニコニコとしていた。

妻に先立たれ、息子夫婦と暮らしているというサボテン爺さん。今日はひとりで留守番していたらしく、家の中は静けさに包まれていた。

家の中にもあちこちにサボテンはあるけども、本と小物の間、棚の上や窓際などに置かれていて、家の外とは違ってお洒落な雰囲気があった。サボテン爺さんの部屋と家の周り以外はまともな住居のようだ。

サボテン爺さんは、優しい目で俺たちを見つめている。それがとても安らいだ。

「シショ、夏休みの宿題で偉大な人について作文を書くんですけど、シショのことを書いていいですか」

「葉羽ちゃん、そりゃ構わないけど、わしでいいのかい？」

「はい。だって私のシショだから、偉大な人です」

葉羽の言葉に、サボテン爺さんは目を細めて嬉しそうにしていた。

初めて会ったけど、葉羽が慕っているのを見れば、サボテン爺さんの人となりは、何となくわかるものがあった。サボテン爺さんは子供たちに優しく愛情を持って接している。初めて会った俺にさえも。

「悠斗君、はるばる遠いところから、よう来たのう。会えて嬉しいよ」

葉羽とばかり話していたけど、俺にも話を振ってきた。まるで長らく会えなかった自分の孫だと思っているようだ。俺のほうも気持ちが和む。俺はすっかりサボテン爺さんのことが気に入っていた。でもどこかで素直にそれを表現するのが照れくさくて、口数少なく大人しくしていた。

「葉羽ちゃん、手品の練習はしているかい？」

アイスクリームをせっせと口に運ぶ葉羽に、サボテン爺さんが聞いた。

「はい。でも、悠斗君に私の手品を見せたんですけど、うまくいきませんでした」

「何も恥じることはない。君たちの人生は長い。だからいっぱい失敗してもいいんだよ。何度でも繰り返したらいいのさ」

あれだけ見事な失敗ぶりの手品を見せられたあとでは、逆に説得力がある。そこには手品だけに限らず、サボテン爺さんの深いメッセージが込められているような気がした。

サボテン爺さんは、大げさな動きをしながら丁寧な口調で熱く語っている。派手な衣装だからどこかちぐはぐで、それが楽しい。まるでずっと話を聞いていたくなるような――。葉羽だけじゃなく俺も弟子入りを考えてしまいそうになるから、魔法をかけられたようだった。

アイスクリームを食べ終わると、サボテン爺さんは、部屋のあちこちに散らばっていたサボテンの鉢植えをテーブルに置き出した。おもちゃ箱をひっくり返したように、さまざまな形のサボテンが目の前に広がった。このサボテンたちもまた、サボテン爺さんにとって手品と同じくらい意味のあることなのだろうか。

「どうじゃ、かわいいじゃろ」

まるで自分の子供を自慢するようにサボテンを見せつける。刺々しいが、丸かったり、長かったり、平べたかったり、花が咲いていたり、緑色のぼてっとしたボディはどれもユニークだった。

サボテンは接ぎ木をすることができ、中にはサボテン爺さんが改造したものも含まれていた。とにかくサボテンに魅了されて、どんどん増えていってしまったらしい。サボテンに取り憑かれた爺さん。それには何かわけがあるようだった。

先ほどの和やかな雰囲気から急に真顔になって、サボテン爺さんは声を潜めた。

「あのな、ここだけの話だが、サボテンは不思議な力を持っていてな、特に満月の光を浴びると不思議なことが起こるんじゃ」

人に聞かれたらまずいとでも言わんばかりに、辺りを気にしている。葉羽は初めて聞く話なのか、いかにも興味津々といった顔だ。急にスピリチュアル的な話になって俺は半信半疑に聞いていた。

「シショ、一体どんな不思議な力があるんですか?」

葉羽がもっと知りたいと目を輝かせている。

「いろんなサボテンがあるから、その不思議な力もサボテン次第でさまざまなんじゃ。とにかくびっくりするような奇跡を起こす力を秘めている」

「奇跡?」

俺が思わずそう繰り返すと、サボテン爺さんはゆっくり頷いた。

「本当に奇跡が起こるんじゃ」

「シショにも奇跡が起こったんですか?」

葉羽が聞くと、サボテン爺さんは自信たっぷりに、力強く首を縦に一振りした。何だか胡散臭い。

「だからこうして集めてるんじゃよ。どうじゃ、サボテンがほしくなったじゃろう」

あとで知ったが、実際、サボテンが増えすぎて人にあげたり、学校や人が集まる公共施設などに寄付したりしていたそうだ。サボテン爺さんは、サボテンを広めようとロビー活動するどこかの団体の回し者だろうか。それとも増えすぎて困っているから、適当なことを言って始末をしようとしているだけなんだろうか。俺は漠然とサボテンを見ていた。

奇跡を起こすサボテン――。

奇跡って一体何なんだ？　奇跡なんて言われても、俺にはどういうことが起こるのか全く想像がつかなかった。兜も話が呑み込めないのか、俺と同じようなリアクションをしている。

「欲しいサボテンがあったらあげるよ。遠慮なく言ってごらん」

あげると言われても、サボテンは棘があるから、いかにも痛そうで欲しいと思ったことがなかった。葉羽だけが、素直に欲しそうな顔を向けている。

「シショ、ほんとにいいんですか。私、あのサボテンが気になって……」

葉羽が指差したのは、台所の流しの上にある出窓に飾られた小さな丸いサボテンだった。サボテン爺さんはそれを手にとって、葉羽の前に差し出すが、不思議そうに眉根を寄せていた。

「葉羽ちゃん、どうしてこれが欲しいんだい」

サボテン爺さんは意外だと言わんばかりに首を傾げた。それもそのはず、そのサボテンはどこか元気がなく、ところどころ茶色くなって枯れかけているようだったからだ。

ほかに青々と形のいい元気なサボテンがたくさんあるのに、葉羽はなぜそのサボテンを選んだのだろう。

俺も不思議に思っていると、葉羽は言葉を選ぶように口ごもりながら答えた。

「えっと、この部屋に入ったとき、目と目が合って、声が聞こえたような気がしました」

「声が聞こえた⁉」

サボテン爺さんは、顔をはっとさせて、葉羽を見つめた。俺も葉羽の突拍子もない言葉に、びっくりしてしまった。兜だけが、姉の言葉を信じようと落ち着いているようだった。葉羽は女の子の直感でそう思ったのだろう。

「そんなわけないだろ」

俺はそう突っ込んだが、サボテン爺さんはますます真剣な顔つきになった。

「実は昔、同じようなことを言った女の子がいたんじゃや。その女の子もサボテンの声を聞いたそうだ。そうか、葉羽ちゃんにもサボテンの声が聞こえたのか。だったらこのサボテンは葉羽ちゃんのところに行きたいんだろう。でも、このサボテンはすでに茶色くなっているし、この先枯れてしまうかもしれないよ。それでもいいのかい？」

「私、看病してみます。一生懸命生きようとしているようで、何だか放っておけなくなりました」

「そうか、それならそのサボテンも喜ぶじゃろう。だったら持って帰りなさい」

「ありがとうございます。それでシショ、私のように声が聞こえたと言った女の子はどうしたんですか？」

葉羽が聞くと、サボテン爺さんは椅子からおもむろに立ち上がり、部屋の隅に行ってごそごそと何かを取り出してきた。その様子にすごい話が始まりそうで、さっきまで葉羽の話を否定していたのに、サボテン爺さんが何を話すのか急に興味が出てきてしまった。もしかしたら本当に奇跡が起こったのだろうか。俺はサボテン爺さんが手にしたものをじっと見た。

それは端がぼろぼろの黄ばんだ古い画用紙の束。どれも色鉛筆でイラストが描かれている。絵本の挿絵のような温か味のある優しいタッチで、羽根の生えた小さな女の子がとげとげのサボテンの周りを飛んでいる絵だった。

たくさん描いて練習したのだろう。最初は子供が描いた絵柄だったものが、だんだんと上達して様になってきている。線が丁寧で、色鉛筆の塗り方が優しく、これを描きたいという思いに溢れているようだ。素人ではあるけれど、この人にしか描けない魅力的な絵だと思った。一体どんな思いでこの絵を描いたのか、この絵にはどんなメッセージが込められているのか、俺は気になった。とてもいい絵だが、紙が風化してかなり古ぼけているのが残念だった。

「これを描いてくれたのが、その女の子なんじゃ」

「かわいい絵ですね。これ、妖精ですか」

「妖精はサボテンの声を聞けるそうだ。そしてサボテンと一緒に奇跡を起こす……そんな話をつくってくれてな」

おいおい、つくり話なのかと、真面目に聞いていた俺は拍子抜けした。でも葉羽は目を輝かせてその話に夢中になっていた。

「僕、その絵本、読みたい」

兜も興味を持ったのか、身を乗り出している。

「絵本ではないんじゃ。その子がしてくれた話だから。だがわしもその話を聞いてすっかりサボテンに興味を持ってな、だからこんなに増えてしまったんじゃ」

サボテン爺さんの昔が気になって、その先のことを質問しようとしたときだった。

「痛い！」

葉羽が突然叫んだ。サボテンを撫でようとして、指で軽く触れたらしい。人差し指を見れば、赤い点を打ったように血が出ている。

「葉羽ちゃん、大丈夫かい？」

「大丈夫です。へへへへ」

サボテン爺さんからティッシュをもらって葉羽は自分の指を押さえていた。俺も心配して覗き込んだが、本当に点を打っただけですでに血は止まっていた。サボテン爺さんが絆創膏を持ち出して葉羽の指に貼ろうとするが、どこを刺したかもうわからなくなっていた。葉羽とサボテン爺さんは笑っていたけど、俺はちょっと不満が残った。葉羽のせいで、話の腰を折られ、俺はサボテン爺さんに聞きたいことが聞けなくなってしまったからだ。

それからサボテン爺さんは、葉羽にサボテンの世話の仕方を教え、棘には気をつけるようにと念を押していた。

「いいかい、大事なのはサボテンに話しかけることだよ。サボテンは言葉をかけてあげると、それに応えようとするんじゃ」

「はい、わかりました」

葉羽は素直に従っていた。

サボテンは褒められると元気に育ち、暴力的な言葉をかけられると枯れていくらしい。人間と意思疎通できるのなら、サボテン爺さんのサボテンは手品をしたりしていた……と俺が馬鹿なことを考えながらサボテンを見ていると、

「悠斗君、欲しいサボテンがあるのかい？」

サボテン爺さんにふいにそう言われた。

「えっ、あっ、いえ、あの結構です」

突然話しかけられたから、しどろもどろになりながらも断る。それでもサボテン爺

さんは、しつこく俺と兜にサボテンを勧めたが、俺はサボテン自体に興味がなかったし、兜は葉羽が指を刺したことで怖がって、断固として拒否していた。

これ以上ここにいると無理やりにサボテンを押し付けられてしまうと思ったとき、兜が「観たいテレビ番組がある」と叫んだ。助かった、と思い、それを合図に俺たちはサボテン爺さんの家を去ることにした。

葉羽は自分のものになったサボテンを大切に抱え、玄関先でサボテン爺さんに丁寧に礼を言う。

「葉羽ちゃんは、不思議な子じゃのう」

それを言うなら、サボテン爺さんのほうがもっと不思議で変だと言いたくなったが、その変な爺さんが、真面目な顔で葉羽を見つめているのが印象的だった。考え事をしながら葉羽を見つめている姿は、絵を描いた女の子と重ねて見ているのかもしれない。

「葉羽ちゃんは妖精なのかもしれない。サボテンの声を聞くことができるのは妖精たちだから」

サボテン爺さんが、そんなことを言った。あの絵になぞらえて、喩《たと》えで言っているに違いない。

「だったら嬉しいです」

葉羽も、そう言われて本当に嬉しそうだった。

「葉羽ちゃんは優しいから、きっとサボテンの奇跡が起こるよ」

妖精とサボテン。あの絵の話は一体どんな奇跡を起こすのだろう。サボテンに取り憑かれるほど、ハッピーエンドな話をサボテン爺さんは聞いたに違いない。

また今度会ったとき、その話が聞けたらいいなと思いながら、俺たちはサボテン爺さんに「ありがとうございました」と頭を下げて家を出る。

「悠斗君、またいつでも来てくれていいんだよ。待ってるからね」

別れ際、サボテン爺さんは名残惜しそうにしていた俺の気持ちを読んでいるかのようにそう言った。人に優しくされるのは嬉しいし、心が満たされる。俺は笑ってサボテン爺さんに手を振った。サボテン爺さんも手を振り返してくれる。その姿を見ながら俺は静かに玄関のドアを閉めた。

また暑い外に戻れば、折角引いていた汗が再びじわりとしみ出してくる。それをぬぐいながら、たくさんのサボテンをもう一度目に収めた。たった今までの奇妙な体験は本当に起こったことだったのだろうかと、俺は太陽の日差しの下で目を細めながら考えた。

「何かすごいお爺さんだったな」

サボテン爺さんの家を離れて、俺がぼそっと呟くと、隣で俺の手を繋いでいた兜は「普通だよ」と答えた。慣れてしまうと、感覚が麻痺するのかもしれない。

「お前、そんなにサボテン爺さんと会ってるのか？」

「うん、いつもああやって手品を見せるの。そのあとはお菓子もくれるし、集まったみんなでサボテン爺さんと一緒に遊ぶの」

「楽しそうだな」

「うん、楽しいよ」

兜とサボテン爺さんの話をしながら歩いていたときだった。葉羽が全然会話に入ってこないなと後ろを見ると、姿が見えない。葉羽はサボテンを抱えながら俺たちの後ろをついてきていたはずなのに。

「あれ？　葉羽がいない」

立ち止まってキョロキョロして、今来た道を戻ろうとすると兜が叫んだ。

「あ、お姉ちゃん、あんなところにいる。ずるい、近道、知っていたのなら教えてくれればいいのに」

葉羽は俺たちが歩いていた数十メートル先の角の向こうを歩いていた。

「いつの間にあんなところに」

俺と兜が走ってそこまで追いつくと、葉羽はなぜだかくたびれたような顔に見えた。あれだけサボテン爺さんの家ではしゃいでいたから疲れが出たのだろうか。

「どうして先を歩いているんだよ」

それには答えず葉羽は無言でじっと俺の顔を見つめる。

「な、何だよ」

「えっ、その、あの、ごめん、何でもない」

葉羽はサボテンの鉢植えを胸に抱え込んで、早足で歩き出した。

「お姉ちゃん、待ってよ」

そのあとを兜がついていくから、俺も仕方なく早歩きで追いかける。だが葉羽は歩調を合わせようとせず、ひとりでひたすら俺の前を歩き続けていた。


家に戻ると、伯母の車が車庫に入っていた。もう買い物から帰ってきているらしい。

「それじゃ、ここでバイバイだな」

俺はお互いの家を挟んだ道の真ん中で、葉羽と兜に向き合った。

「ええ、もう帰っちゃうの？　一緒にテレビ観ようと思ったのに」

名残惜しそうに言う兜の言葉が素直に嬉しい。

「今日は一緒に遊べて楽しかったよ。ありがとうな」

ふたりと過ごしたことは、今までにない楽しいひとときだった。

「お兄ちゃん、明日も遊びに来てよ」

「えっ、明日も？」

兜に誘われるのは嬉しいし、願ってもない誘いだった。葉羽の様子を探れば、まだぼんやりとした表情をしていた。葉羽が大事に抱えていたサボテンを何気なく見ると、花がついている。さっきもらってきたとき、花なんて咲いていただろうか。

「なあ、そのサボテンさ……」

俺がサボテンのことを口にしたとたん、葉羽が急に強い口調でそれを遮る。

「このサボテンは大丈夫。これからきっと奇跡が起こるから」

まだ何も聞いてないのに、葉羽はとんちんかんなことを言う。そして心細そうに心配する目を俺に向けていた。

「さっきから、ずっと俺のことを見てるけど、何かあった？」

「えっ、そんなことない。あの、悠斗君、明日も一緒に遊ぼうね」

何かをごまかすような慌てぶりにも聞こえなくなかった。でもそのときは何も深く考えず、葉羽にも誘われたから俺は少し嬉しくなって「わかった」と返した。そしてお互い手を振ってそれぞれの家へと入っていく。

俺が家に入る前にもう一度振り返ると、葉羽も同じように振り返ってこちらを見ていた。俺が小さく手を振ると、葉羽も手を振り返してくれた。また明日も会える。そう思うと顔が緩んで、温かい気持ちで家の中へ入っていった。

一度遊べば、もう仲のいい友達だ。次の日も俺は葉羽の家に喜んで遊びに行く。早苗さんにも笑顔で挨拶した。

その日はサボテン爺さんの真似をした。手品のショーを見せ合い、わざと失敗して笑い合った。

「そうそう、うまい、うまい」

葉羽は手を叩いて喜んでいた。でも俺が兜と話をしているとき、急に葉羽から笑顔が消え、思いつめたように黙り込んだ。

「どうしたの？」

俺が聞くと、「何でもない」と答えてまた俺と手品を始める。

「トランプ手品しようか」

葉羽はトランプを持ち出し、それを広げて俺に差し出した。

「一枚引いて」

葉羽に言われるまま、一枚引き抜いたが、手が滑ってそれを落としてしまった。それがひらひらと葉羽の足元に落ちる。ジョーカーだ。葉羽ははっとして俺に視線を向けた。まるで不吉なものを見てしまったかのようだ。

「ごめん、ごめん、もう一回」

俺はそれを拾い、葉羽に渡す。葉羽は急にやる気をなくしたようにため息をついた。

「トランプ手品は私にはまだ難しいかも」

「じゃあ、手品じゃなくて、トランプで遊ぼうよ」

俺は葉羽からトランプをとり、シャッフルする。すると兜が寄ってきた。

「お兄ちゃん、手で持ってパラパラパラパラってやって」

「ああ、あれか。できるかな」

俺と兜が笑いながらシャッフルで遊んでいると、葉羽はそんな俺を切なそうな表情で見ていた。俺が目を合わせれば、無理に笑おうとする。

「悠斗君」

突然葉羽が真剣な表情で口を開く。

「どうしたの？」

「悠斗君は、笑ってるほうが絶対いい」

「えっ、何だよ、急に」

俺は突然の言葉に驚いたけれど、葉羽にそう言われるのは嫌じゃなかった。だから葉羽に向かって笑ってやる。葉羽は俺の笑顔を見て喜んでくれると思ったけど、なぜか目が潤んで泣きそうになっていた。

サボテンを手にしてから、葉羽はどこか俺を見る目つきが違っているように見えた。一体どうしたのだろう。それを知るのはずっとあとになってからだった――。

第二章　見守るサボテン

葉羽たちと過ごした楽しいひとときはあっという間に過ぎ去っていき、名残惜しさだけがそこにどんどん留《とど》まっていく。別れが辛く離れたくないと思っていても、とうとう伯母の家を去る日がやってきてしまった。

八月も下旬に近づいているのに、太陽がぎらぎらと容赦なく照って肌に刺している。暑さが終わる気配を全く感じられず、何かがまとわりつくようにもわっと不快に蒸し暑い。まるで辺りが歪んでいるようだ。

家の前に停めた伯母の車のトランクに、母が荷物を入れている。俺は自分の家に戻りたくなくて、複雑な心境でそれをぼんやりと見ていた。葉羽と兜も、自分たちの家の前で早苗さんに寄り添って俺たちが出発するのを見守っている。

俺の母が早苗さんに挨拶をしに行くと、葉羽と兜が車のそばで突っ立っている俺のところにやってきた。

ふたりは残念そうな表情を向けていたが、俺は寂しさを悟られるのが嫌で足に力を入れて悲しい気持ちに耐えていた。

ふたりと過ごした数日がすでに夢のように思える。またこれから、いつもの気が休まらない生活――俺の本来の暮らしである現実に戻らないといけない。

けれどいつまでも感傷に浸っているわけにもいかず、名残惜しい顔も見せたくない。心はむなしく、ちょっとつつかれたら泣いてしまいそうなくせに、俺はやせ我慢をしていた。

「また来るでしょ？」

約束を交わすように言った葉羽の言葉は、俺の涙腺を熱くした。それを無理やり呑み込みながら返事をする。

「う、うん」

思わず声が裏返ってしまった。それをごまかすように、俺は慌てて咳払いをする。

「いつだって来られるに決まってるだろ」

葉羽はそんな俺の顔をどこか心配そうに、瞳を潤わせて見ていた。俺との別れをそんなに惜しんでくれているのだろうか。

何か言いたそうに唇を震わせているのに口を開かず、葉羽はただ不安そうな目で俺を見ている。葉羽のそんな態度が俺を困惑させて、つい視線を背けた。

「お兄ちゃん、待ってるからね。早く戻ってきてね」

兜のあどけない声が俺の心を締め付ける。俺は「ありがとうな」と言って、兜の頭を撫でた。

家から出てきた伯母が車の運転席に乗り込むと、母も話を切り上げて車に近づいた。

俺もそれを合図に乗車する。

「じゃあな」

ドアを閉めたとき、葉羽は俺が座っている後部座席の窓に顔を寄せてきた。手動では窓が開けられず、ただ窓越しに俺たちは見つめ合っていた。

葉羽が口を開けたとき、窓越しから「頑張って」というくぐもった声が聞こえた。なぜこのとき、葉羽がそんなことを言ったのかわからなかったが、特に深い意味はないだろうと思っていた。

何を頑張ればいいのかも定かでないが、俺は笑顔を葉羽に向ける。それが一緒に楽しく遊んだ友達としての、窓越しから伝えられる精一杯の感謝の気持ちだった。彼女を見つめ、俺は心の中で『葉羽……』と呼んでいた。聞こえたわけでもないのに、葉羽はその声に応えるかのように、にこっと微笑んでくれた。その表情に、胸がぐっと締め付けられる。

ふたりは別れの最後に、俺に向かって大きく手を振っている。俺が振り返そうとしたとたん車が動き、あっと思う間にふたりと離れていく。後部座席から急いで振り返れば、葉羽が俺の方に向かって走り出していた。しかし車の速さについていけるわけもなく、葉羽はどんどん小さくなっていく。見えやしないとわかっていても、俺は葉羽がいる方に向かって、弱々しくいつまでも手を振った。

夏の終わりを告げるツクツクボウシの声が、おぼろげにどこからか聞こえて流れていく。それがもの哀しくて、急に夏の終わりを感じた。

ずっと暑さを肌に感じていたのに、葉羽と別れたら俺の夏も一緒に過ぎ去ったように思えた。少し鼻の奥がツンとした。

またすぐに会えると高を括っていたが、次にこの姉弟と会うのは俺が中学二年生になったときだった。その年月の中で、俺自身や周りは大いに変化を遂げてしまう。この間に、俺の家族は完全に崩壊することになる。

両親の喧嘩は相変わらずで、母は離婚を決意。その準備のために働き始め、俺とふたりの生活をするために資金を貯め込み出した。母が忙しくなると、伯母の家に遊びに行く時間がなくなった。

離婚の話を母が持ち出したとき、感情で動く父親はまず激怒した。その後、なかなか離婚を承諾しないために調停へと持ち込むことになった。

そして、俺の親権で揉めに揉め、母は俺を手放したくない、父は最後のあがきで俺を母に渡したくないとすさまじい修羅場が続いた。

結局、父親の酒癖の悪さが判断の決め手となって母親が親権を取り、めでたく離婚になったが、この場合めでたいと表現していいのかはわからない。

その後の生活は今までよりさらに苦しくなり、一層狭いアパートで母子家庭となってしまった。

父の暴力を見て育っていたので、いないほうが平和だろうと初めは思っていた。しかし、両親が離婚するという経験は、こんな俺にでもしっかりとダメージを与えていた。両親は最初から仲が悪かったわけではない。子供の頃は父とキャッチボールをしたり、一緒に行楽地へお弁当を持って出かけたりしたこともあった。思い出せば家族としての思い出はそれなりにあるから、あんな父でも欠けるということは、世間一般の法則を破るような不自然な違和感を覚えてしまう。

俺と父とは血の繋がりがあるからその関係は一生続くが、父と母が全くの赤の他人になってしまったことも寂しく感じた。でも、そう思ったのも束の間。父はその後、すっかり親子の縁が切れたように音沙汰がなくなり好き勝手にやっていた。時間が経つにつれ母は苦労し、俺も不自由さを感じてきていた。そんな俺たちのその後の生活を気にかける様子がないことに、だんだん腹が立ってくる。俺は父のことを最初からいなかった人と思うようにして、なるべく考えないようにした。

俺は毎日無理して平静を装っていたが、金に余裕がないと欲しいものも買えず、最低限の生活を強いられるという窮屈さが心の余裕までも失くしていく。

この先の生活を考えたとき、自分で何かできるようにと勉強に打ち込んだ。それでも時折金の心配は感じる。生活をギリギリ維持しようとして、余計な出費をかけないようにする節約の圧迫感が不安を引き起こし、ときどき眠れない夜を過ごすこともあった。そんなときに伯母の家のことやあの街の居心地のよさを思い出すと、惨めになっていった。

　でも男だからめめしく泣き言など言ってられないし、頑張って生活を支えている母を目の前にしたらそう思うことすら悪いと思っていた。だけどこの惨めな生活が、俺の心をどんどん蝕んでいく。

　人と付き合うのも億劫になり、コミュニケーションも次第と不得意になっていった俺は、中学に上がっても誰ともしゃべることをしなかった。その態度がいけ好かないと思われていたのもあるだろう。二年に上がったとき、俺は虐めの標的になってしまった。きっかけは些細なことだった。

　ある厄介な生徒と廊下で肩がぶつかったことがあった。俺は軽く会釈して悪かったと意思表示したつもりだった。しかしそれを見てなかったその生徒は謝りもしないと誤解して、俺が生意気な奴と思ったのだろう。舌打ちをされて、露骨に睨まれてしまった。それは中学一年の頃で、そいつとクラスが違っていたから、その場限りのものだと思っていた。

　ところが二年に上がって、その生徒——矢口努《やぐちつとむ》と同じクラスになったときが、地獄の始まりだった。

　矢口は肩がぶつかったときのことをずっと根に持っていた。俺と同じクラスになって毎日顔を合わしているうちに、矢口のほうが勝手にイライラして俺に不満を抱くようになったのだ。俺はすっかり忘れていたから無表情でいたが、それが却って自分を見下した態度と誤解したようだ。さらに俺はクラスで一番の成績だったから、それも気に食わない様子だった。

掃除当番が一緒になったり、授業の中で同じグループになったりしたとき、俺にたまに話しかける奴は少しいた。だが、俺が矢口に目をつけられると、周りはとばっちりを恐れて俺に一切話しかけてこなくなった。

矢口は俺のことを生意気な奴だと決め付けた。気に入らないだけで好き勝手に俺の印象を悪くしようとする。「不潔」とか「臭い」とか言って、すれ違えば鼻までつまむ。まるで生ゴミ扱いだ。

そんな嫌がらせなど気にしないようにし、自分を守るためにこちらから距離をとっているんだと思われるように人を避ける。虐められていても成績は俺のほうが上だというプライドが残っていた。教室では居心地が悪くても、勉強は負けないと必死に耐えていた。

しかし、それは窮屈で心が休まらない。家庭でも学校でも規制をかけられているみたいで、あちこちで鬱憤《うっぷん》が溜まり出す。それで自分も苛つくところがあったと思う。その影響で知らずと不満が顔にも出ていた。

ある日、矢口が担任に声をかけられ、楽しそうに話しているのを見てしまった。矢口はため口なのに、担任は咎めることもなく、まるで仲のいい友達のように相手をしている。大げさに笑っている担任は矢口を贔屓《ひいき》しているように見えてならない。俺のほうが勉強ができるのに、俺は担任からあんなふうに声をかけられたことなんてなかった。担任ですら俺のことを見ていない。俺がその光景を悔しくて凝視していたら、矢口が俺の視線に気がついて目が合ってしまった。

俺の態度が気に障ったらしく、矢口は仲間を呼び寄せ、放課後俺を教室の隅に追い込み、生意気だと脅した。俺はすぐさま反抗的な態度をとり睨み返す。こっちだって苛立っている。それが挑発と思われた。この日、学校の校舎の裏に連れていかれ、俺はサンドバッグのように殴られた。俺も応戦しようとしたが、多勢に無勢で手足を押さえられてしまえば反撃のしようがなかった。憎らしいことに、そいつらは殴り方を心得ていた。人から見える部分は一切傷付けない。腹ばかりを殴られて、俺は気持ち悪くなってその場で嘔吐《おうと》してしまう。

「うわ、きたねぇ、こいつゲロまみれ」

「くっさー」

最後に背中を蹴られて、俺は自分の吐いた上に倒れ込み、制服は本当にゲロまみれとなってしまった。馬鹿にするように笑い、最後は唾を吐いて矢口たちは去っていった。悔しい。あまりにも惨めだ。このときの屈辱感は相当なものだった。

あいつらは、俺と違って両親も揃っているしお金にも苦労していないだろう。女の子たちの間でも目立ち、それなりに楽しい中学生活を送っているだろうに、どうして気に入らないという理由だけで人を傷付けるのだろう。

俺は自由な金もないし不満だらけの苦しい生活だけど、人を傷付けることなんて考えたこともない。ただひっそりと暮らしているだけなのに、なぜ俺がこんな目に遭わないといけないんだ。

ただ惨めで、ひとりでも必死に学校に通って勉強を頑張っていた俺の唯一のプライドが、粉々に音を立てて砕けていく。ただただ辛さに打ちひしがれた。屈辱で持っていきようのない気持ちに声を上げ、狂ったように地面の砂に向かって爪を立てて引っ掻く。

そのとき、まるで心配するかのように俺の名前を呼ぶ声が聞こえた。そんな奴が、いるわけないのに。

きっと、誰かに心配してほしいと思う俺の妄想だ。俺はいつまでもこの場にとどまるのが嫌で、歯を食いしばって立ち上がり、泣いてなるものかと走り去った。もう逃げることしかできなかった。そして俺は、次の日から学校を休むようになった。

俺は矢口たちのことが、決して怖かったわけではない。それよりも自分に降りかかる理不尽さが俺の心を蝕んだ。何もかも嫌になってしまったのだ。世の中が不公平すぎる。

勉強を頑張っても誰にも認められず、結局無意味になる。悪いことなどしてないのに災難にぶち当たり、平穏な人生なんか送れないんだと悟って一気にやる気がなくなった。朝起きるのも気だるく、いつまでも布団から出ることができない。生きていることが辛く感じてしまう。

自分を保っていたプライドも消えてしまい、俺は全てを諦めた。何をやってもうまくいかないのなら、それを受け入れたほうがましだ。悲観的になるでもなく、ただどうでもよくなってしまった。

けれど、無気力でありながらも、心はイライラとしてしまう。でも、母が苦労している姿を見ているだけに、無意味に八つ当たりや暴力を振るうことだけはしなかった。その分、自分を痛めつける行為へと走り、俺は隠れて自分で自分の体を傷付けていた。ナイフで線を描くように手首の皮膚を切る――リストカット。自殺しようとしているわけではない。痛みを感じることで自分の中の鬱憤と戦うような、どこまで自分はこの痛みに耐えられるのか、自分を自分で虐める行為だった。心の中は荒み、自棄《やけ》を起こしていた。

母は俺が学校を休むことをもちろん気にしていたが、生活がある分働かなければならず、切羽詰まった忙しさで構ってられなかったのか、しばらくはそっと様子を見ていた。

俺が学校に来なくなると、担任も不審に思ったようで、電話をかけてくる。ここで「虐められているのか」と聞かれたら、まだその担任は生徒のことを考えていると、俺も少しは救われたかもしれない。けれど、

『そういえば、芹藤は母子家庭だったな。生活が大変なんじゃないのか』

担任のその言葉に俺は黙り込む。俺のことを見るより、先に環境で決めつけようとする態度に失望した。担任は虐めの可能性など、はなからないと思っている様子で話してきた。

母子家庭だから――。たしかにそれも要因のひとつかもしれない。でも俺がこうなった直接の原因はやっぱり虐めだと思う。それでも自分の口からは「虐められている」なんて情けないから言えなくて、担任に気づいてほしかった。もし俺の口から虐めを仄めかしたとしても、矢口は担任にかわいがられているだけに信じてくれないと想像できたし、言ったところでこの担任は解決してくれないだろう。俺はただ諦めて、担任の言葉を一切聞かなかった。

ますます荒んでご飯もろくに食べなくなっていく。目だけがぎょろりとして体は痩せ細り、まるで歩く屍だ。そんな俺を見て、母はさすがに危機感を持ったのだろう。

しかし、離婚してからまだ全てが落ち着いてない母には、俺の問題は重すぎた。腕についた切り傷や鬱々《うつうつ》と暗くなって口を閉ざす俺に、どうしていいのかわからず毎日泣いてばかりいた。

そんなとき、伯母から電話がかかってきた。

『もしもし、悠斗ちゃん。あのね、よかったら伯母ちゃんの家からこっちの中学に通わない？　勉強ができる悠斗ちゃんが学校に行かないなんて絶対おかしいわ。それだけその学校が悠斗ちゃんには合わないんでしょ。だったら伯母ちゃんのところにおいで』

その言葉を聞いたとき、俺は正直心が揺れ動いた。けれど素直に承諾できない。どこに行っても俺は同じ運命を繰り返すのではないだろうか。人とコミュニケーションが取れない俺はどうせ周りから嫌われるのが落ちだ。それでも伯母は俺が『うん』と言うまで優しく説得してくる。

『芳郎も家を出ちゃったし、伯父ちゃんも海外出張が増えて伯母ちゃんひとりで寂しいのよ』

それを言ったら、俺がいなくなったあとの自分の母親も同じじゃないかと思ったが、伯母は俺の思考を読んでいた。

『ほら、淑子はひとりになっても心配いらないから。むしろこういうときは、ひとりになったほうが楽になるんじゃないかな。淑子は離婚してずっと働きづめでしょ。悠斗ちゃんのこと心配しながら働くのも辛いと思う。だから中学に通う間だけ伯母ちゃんのところにおいで』

母はきっと伯母に泣きついたんだと思う。

自分が離婚したことで息子に精神的な負担をかけさせた責任を感じている。急に学校にも行かず、体についた傷を見てしまったら、たしかに母も心配しておかしくなってくるかもしれない。俺はしばらく無言だったが、母のことを考えると考えが固まった。

「うん、わかった」

俺の小さな声が、伯母の耳にも伝わる。

『そう、よかったわ。じゃあ、転校手続きとったらすぐいらっしゃい。待ってるからね』

伯母との電話が終わるとため息がこぼれた。これでよかったのだろうか。あの街はたしかに居心地がいい。伯母の家に住めばここよりはいい暮らしができると思う。でも俺はそれを素直に喜べなかった。何だか余計に惨めになっていく。仮のいい暮らしをしたところで、そこを出ればまた元の木阿弥《もくあみ》。一時凌《しの》ぎが情けないもののように思えてくるのだ。

それでも、ふと葉羽のことが頭によぎった。手品に失敗したときの恥じらった顔、得意げに道具を見せた顔、楽しそうに笑う顔、そして別れ際に俺を追いかけてきた姿。それもあやふやな面影となって残っていたから、はっきりとは思い出せずもどかしい。洗面所に足を向け、俺は鏡に映った顔を見てみた。中学二年となれば、小学生の頃の顔つきとは全然違っているはずだ。

だが自分の顔がどのように変化したのかなんて、毎日見ていると自分ではあまり気づかない。ただ、鏡の中には、どんよりと暗い目をした男が俺を見ていた。

そのあと、クラスの誰にも会わず、俺はあの中学から出ることができた。クラスのみんなや担任は一体何を思っただろうか。少なくとも矢口たちだけは、俺が逃げたと思っただろう。仲間たちの間で武勇伝のように自慢話となり、負け犬とおもしろおかしく俺を嘲笑っているに違いない。俺が自ら喧嘩を売った馬鹿な奴と思っていることだろう。

俺はあそこにいなくともあいつらから馬鹿にされ続ける。それって結局は見下されたまま虐めが持続していることだと思う。

逃げることだけでは解決されない悔しさが、しこりのように残った。それを無理に心の奥底に追いやった。あいつらのことは考えないように、俺は新しい環境に慣れようと必死だった。

時は梅雨が始まろうとしていた頃。どんよりとした雲が垂れ込めた不安定な空は、今にも雨が降りそうだ。鬱陶しい梅雨の季節は、俺に似つかわしい。

俺が新しく通うことになった中学は坂の向こう側に建っていて、伯母の家から歩いて二十分くらいのところにあった。転校はすんなりできたけど、いくら学校が変わっても俺自身が変わったわけじゃない。新しいクラスになっても、俺はよそよそしく距離をとっていた。腕の傷も特に隠すことをしなかった。でもそれについては大概が触れてはならないと見て見ぬふりをしていた。だけど視線は自然とそこに集まる。きっと俺の知らないところで何かを言ってるに違いない。そんなこと今さら知ったこっちゃないけど。

珍しく声をかけてくる奴もいたが、そういう奴はクラスでも派手なグループに所属している輩《やから》で、どうしても俺を殴った矢口たちと重ねてしまう。そんな先入観があったから、余計に心を開くこともできず懐疑心《かいぎしん》を持って接していたら、案の定、付き合いにくいと俺の評判は悪くなった。

それでも幸い、露骨に虐めようとする奴はおらず、その点では別に無視されようが友達がいなくとも気が楽だった。俺はひとりでいたかった。

俺は葉羽と同じ中学に通うことになると思っていたが、葉羽は私立の中学へ進んでいた。そこは高校もそのまま進学できるところなので、葉羽は小学生の頃から受験に勤しんでいたらしい。

この街へ来てから、まだ葉羽には会ってない。しばらく伯母の家に世話になるとは花咲家も聞いてはいるだろうが、いつも車がなかったり、たまに早苗さんを見てもすぐに出かけていたりと、バタバタと忙しそうに見えた。

初めて会ったときの俺と同じ年になった兜とは『久しぶり』と顔を合わせることがあった。兜はまだあどけなさが残るけど、身長が伸びて男の子らしく成長していた。物怖じしないあのときのまま、俺のことはしっかりと覚えていて、再び会えたことを素直に喜んでくれた。

サボテン爺さんのことをたずねれば、残念なことに昨年亡くなったと教えてくれた。あのとき見た無茶苦茶な手品がもう見られないと思うと寂しくなった。妖精とサボテンの話についても、詳しく聞きたかった。結局、サボテン爺さんが言っていた『奇跡』についてもわからないままだ。サボテン爺さんが意味した奇跡とは何だったのだろうか。もう聞けないのが残念でならなかった。葉羽がシショと呼んだ、サボテンを愛したお爺さん。葉羽もショックだったに違いない。

「それで、葉羽は元気にしてるの？」

さりげなく兜に聞いてみたが、兜は首を横に振る。そんなにサボテン爺さんのショックが強かったのだろうか。そう思ったが、兜の口から出てきた言葉に俺は驚いた。

「お姉ちゃん、今入院してるの」

「えっ？　どこが悪いんだ？」

入院なんて、よほど悪い病気なのかと想像して、心配で鼓動が速くなった。

「うーんとね、貧血」

「えっ？　貧血？　それって入院するほどなのか？」

心配していた病気とはかけ離れた症状に、俺は拍子抜けしてしまった。大したことはなさそうでひとまずほっとする。

「でも貧血って血の病気でしょ？」

「まあ、鉄分が異常に欠けた状態なら、立ちくらみとか頻繁に起こって深刻なんだろうけど」

正直、俺もよくわからない。

「多分それだと思う。お姉ちゃんは結構我慢して耐えるところがあるから、ときどき熱が出て、めまいがしても言わなかったみたい。『Mです』って言われて、心配されてた」

「『Mです』って言われた？　それってマゾってことか？」

「詳しいことはわかんないんだけど、そうなんじゃないかな」

兜はどこまでわかって答えているのだろうか。苦しいことや痛みが性的な快感に変わってそれを好むものをM《マゾ》とは言うが、そんなふうに言われてしまうまで我慢していたなんて、葉羽も相当無理していたに違いない。

「いつ退院してくるんだ？」

「来週には帰ってくるよ。お兄ちゃんがこっちに戻ってきたこと伝えたら、すごく喜んでたよ」

「そっか」

俺は本心から嬉しかった。でもそんな喜んでいる表情を素直に見せられずに、そっけなく答えてしまった。よろしく伝えおいてくれとか、早くよくなれとか、せめてそんな言葉をかければよかったのに。

俺は家に戻って、自分の部屋のベッドに横たわった。自分の部屋といっても、芳郎兄ちゃんの部屋を使わせてもらっている。本棚にはたくさんの使い古された参考書や小説がある。そのほかに地球儀やモアイの像、ピラミッドといった謎の置物も飾られていた。そのせいでちょっと不思議な感じがする部屋だ。

部屋の隅には望遠鏡。使っていいとは言われても、壊したら怖いのでひとりではさわれなかった。机は年季が入って、表面にところどころ傷が入っている。芳郎兄ちゃんがここで勉強に励んでいたかと思うと、俺も身が引き締まる。

机に向かっている芳郎兄ちゃんを想像しながら、ここにいたらいいのになと思う。『どうした?』と勉強する手を止めて椅子を回転させた芳郎兄ちゃんが目に浮かんだ。

俺は寂しかった。子供の頃、芳郎兄ちゃんに甘えていたことが懐かしい。でも手を差し伸べられても俺は今の抱えている問題を素直に相談できるだろうか。多分『何でもない』と無理して答えてしまうのが関の山だ。女の子のことで悩んでいるなんて恥ずかしくて言えるはずがない。かといって、ひとりで解決できるわけもなく、俺は天井を見つめながらついため息を漏らした。

俺は葉羽に会うのを恐れている。なぜそんなふうに感じてしまうのか。小学生の頃は無邪気に一緒に笑っていた。その頃のように俺はもう笑えなくなっている。葉羽はこの街で何の苦労もなくぬくぬくと育っているんだと思うと、環境の違いが妬ましい。昔の調子で親しく笑いかけられたら、俺は惨めになってしまいそうだ。どこか自分の内面を晒すのが怖くて、そして意地を張ってしまいそうで、とにかく不安になっていた。それでも相反して、葉羽がどんなふうに成長しているのか、早くその姿を見てみたいと好奇心も膨らんでいた。

結局、葉羽と会えたのは、本格的に夏が始まる梅雨明けの頃だった。俺が学校から帰って門扉に手を触れようとしたとき、白いセダンが葉羽の家の前で停まった。足を止めてじっと見ていると、ドアが開いて葉羽が車から降りようとしていた。

うるさい蝉の声、蒸し暑い空気、汗ばむ体。むさ苦しさを感じて落ち着かず、心臓がドキドキと鳴っている。俺が見ていることに気がつかず、葉羽は車の中にいる人と話をしていた。誰かに送ってもらったのだろうか。葉羽はそのあとドアを閉め、優雅にほほ笑んで手を振っていた。

それが小学生のときの顔と重なり、俺はぐっと息を呑んだ。一緒に遊んだときのことが鮮明に思い出され、懐かしさで心がぎゅっと締め付けられた。また葉羽に会えた。俺はしばらく動けなくて突っ立っていた。

車が去っていったあと、残された葉羽は俺に気がついてはっとした。

「悠斗君？」

葉羽は遠慮がちに俺の名を呼ぶ。そして俺のそばへゆっくり歩み寄ってきた。

「葉羽……」

久しぶりに会ったというのに、名前を言うだけで精一杯だった。葉羽も驚いているのか何も言わない。お互いの視線が交差し、俺は成長した葉羽の姿をじっと見ていた。

天真爛漫だったあの小学生の頃と違い、葉羽は女の子らしくなっていた。肩までかかるセミロングの髪、すらっとした手足、透き通るように白い肌、そして私立中学のセーラー服がとても似合っていて、清楚なお嬢様という風貌だった。

ただ、肌の色が白すぎて青白くなっている。貧血を起こしたのが原因だろうか。この前まで入院していたくらいだ。まだ体の調子もすぐれてないのかもしれない。そのせいで儚げさが漂って、何だか葉羽が妖精のように見えてしまった。

妖精――。懐かしい響きがした。サボテン爺さんも葉羽をそう喩えた。

「すっかりお嬢様みたいになったな」

愛想のない俺の言葉。鼻で笑うように皮肉が口をついた。再会を素直に喜べばいいのに、ほんの少し口元を上げるだけでいいのに、俺は伏し目がちに視線をずらした。

葉羽は俺の冷たい態度に失望したのかもしれない。かすかなため息が聞こえた。再び葉羽を見れば、俺の手首の傷に視線が向いていた。腕に走る不自然なライン。これが何かわかったのだろう。彼女の口元がかすかに動く。でも俺はそれに触れてほしくなくて、後ろに手を回した。

「……悠斗君、何か変わったね」

やるせなく呆れるような声だった。

「変わってなんかねぇーよ」

俺は苛付いて、鬱陶しげに吐き捨てた。久しぶりに会えたというのに、会いたいとさえ思っていたのに、なぜか葉羽の前では自分の弱みを見せたくなくて卑屈になってしまう。それでも葉羽はそんな俺に薄く笑いかけた。

「また会えて嬉しい。あっそうだ。あれから手品少しはうまくなったんだよ。今度見せてあげるね」

葉羽は小学生の頃と同じ態度で俺に接しようとしていた。それでもどこか無理をしているみたいだった。

俺と葉羽はあの夏から同じだけの時間を過ごしているはずだ。けれど俺はすっかり心が閉じきって、葉羽と同じように笑いかけることができなかった。葉羽は見るからに上流階級、俺は虐めで逃げてきた負け犬。おまけに貧乏。あまりにも違いすぎる。

「どうせまた下手くそで失敗するんだろ。そんなの見せられても困るよ。それじゃあな」

俺の言葉で葉羽の表情が曇り、何かを言いたそうに口元を震わせて視線を逸らした。葉羽の表情に心が痛みながらも、俺はその場を去ろうとする。そのとき葉羽も呟いた。

「うん、また……」

精一杯に発した消えゆきそうな葉羽の声に、胸が苦しくなった。振り返ると、葉羽は家に帰っていこうとしていた。その元気のない背中に、俺は罪悪感を覚える。

俺は本当に最低な奴だった。久しぶりの再会を喜び合うどころか、貶《けな》してどうするんだと、自分でも嫌になる。葉羽は退院してきたばかりの病み上がりでもあるのに、どうして気遣う優しい声がかけられなかったのか。

俺の心はあの頃とは違い、あまりにも屈折しすぎていた。優しく接してくれようとした葉羽にまで刃を向けるなんて愚かだ。自分でもジレンマを感じるくらい、奥歯を強く噛んでいた。

俺は謝ることもできず、さっさと家の中に入っていった。葉羽の寂しげな後ろ姿が頭から離れない。そんなに気にするのならあんな態度を取らなければよかっただけなのに、俺はその晩、何度もベッドの上で寝返りを打っては後悔した。

次の日から、俺は家の玄関のドアを開けるのが怖くなった。外に出てもし葉羽に会ったら、どんな顔をしていいのかわからない。毎朝、家を出るときドアノブを掴む手が震える。そして、学校から帰ってくるときも、家が近付くにつれ今度は足に力が入り緊張してしまった。

葉羽を意識しすぎて、本当はすぐ謝りたいのに、彼女の顔を思い出すと会いに行くのが怖くなった。俺はひとりで苦しみの膜をはったようにそれを破れないでいた。

幸いと言っていいのか、葉羽とは目と鼻の先に住んでいながら、そのあと、しばらく会うことはなかった。

夏の暑さが増してくる頃、葉羽の体調がまたよくないと伯母から聞いた。貧血が癖になり週に一回病院に行って、点滴を打っているらしい。鉄分不足は女性にありがちだと聞くが、もともと食も細いのだろう。それを聞いてから俺は、鉄分のサプリメントや鉄分が入った食品に自然と目がいくようになった。俺も俺なりに葉羽の事を心配していたのだ。

葉羽を傷付けてしまった罪悪感から素直にそれが表現できなくて、どこか卑屈になっていた。それなのに俺は葉羽から会いに来てくれるんじゃないかと、どこかで期待していた。

朝、玄関を出れば、葉羽が乗った車が目の前を過ぎ去っていった。

「あっ」

慌てて道路沿いに出て、その車を目で追う。後部座席から振り返る葉羽が一瞬見えたような気がしたけど、すぐに俺の視界から消えていった。

夏休みに入る頃、花咲家が乗った車が家の前に停まったのを見かけた。葉羽が車から降りてきたときは、またぎこちない態度になったが、兜が「あっ、お兄ちゃん！」と車から降りるなり駆け寄ってきたので、頭をくしゃっと撫ぜてやった。そのときは早苗さんと、それに父親も一緒にいたので、頭を下げて挨拶をした。

葉羽の両親はふたりとも優しげで気品がある。気軽に話しかけてきたので、俺も気を張らずに受け答えをした。

「ここでの生活には慣れたかい」

葉羽の父親が訊いてくる。

「はい、すっかり慣れました。伯父も伯母もよく面倒をみてくれて助かってます」

そこで思いがけず話が弾み、伯父が出張中で、伯母の帰りも遅くなることまでベラベラと話してしまった。伯母は趣味の集まりでときどき出かけていくのだ。

すると花咲家はその日、夕食の招待をしてきた。冷蔵庫には食べるものはそれなりにあり、ひとりでも適当に食べられるからと断ったが、それが遠慮と思われてしつこく誘われた。兜もそばで喜び、何度も「おいで」と俺の腕を引っ張りながら言ってくる。

葉羽はそのとき何を思っていたのだろうか。ちらりと葉羽を見れば、何ごともなかったかのように笑っていた。俺は思わず気が緩んで表情が穏やかになる。そんな俺を見た葉羽は、小学生の素直な俺を想起したのだろう。

「悠斗君が来てくれると昔を思い出して懐かしいな」

その言葉が俺の心に入り込む。あのときにもう一度戻りたい。一瞬でもそう思ったとき、俺の心も鍵がはずれたように思えた。

何かを取り戻せるかもしれない。俺が失くしてしまった、何か。葉羽の笑顔が俺を癒していくようで、夕食の誘いは断っていけないように思えてしまう。俺は「それじゃ、ごちそうになります」とそのときの気分に押されて頭を下げていた。

一旦家で服を着替えてから花咲家に行くと、兜が元気に迎えてくれた。家の中へ入ると、小学生のときに遊びに来た感覚が思い出される。やはり懐かしい。だが、それは何かを取り戻せると期待したものとは違った。子供のときに抱きながらよくわからなかった妬みという気持ちがはっきりとしたのだ。あのときの自分はまだ純粋な子供で、それをあまり気にしなかった。でも今は違う。過ぎ去った時の流れが恨めしかった。

もしこの街に暮らしていたら、俺は今よりもましな性格になっていただろう。やはり、住む世界が違うんだと嫉妬にも似た悔しさが、心のどこかで沸々と湧き上がっていた。それは決して葉羽のせいではないのに、葉羽と対等になれない自分の惨めさが劣等感を強く引き出していた。

葉羽は透き通った光に包まれて、自分の手の届かない場所にいるように思えてならない。俺は葉羽に気づかれないようにそっと彼女を見つめる――が、目が合いそうになったから、慌てて視線を逸らした。

兜は相変わらず俺を慕ってくれている。前と同じように自分のおもちゃを持ってきては、俺に見せてきた。そのおもちゃもポータブルゲーム機や、テレビゲーム機など、以前と比べて高価なものばかりだった。いろいろと勧めてくるので、夕飯が用意されるまで兜とゲームをして過ごした。葉羽はその様子を俺たちの後ろで見ていて、ときどきゲームの画面に合わせて「おしい！」とか「ああ！」とか小さな声を出していた。今なら何か話せそうだと思いつつそれができないまま、ゲーム機のコントローラをもどかしく操作していた。

夕食は焼肉だった。俺はホットプレートに一番届きやすい席に案内されたが、隣に葉羽が座ったからへんに緊張してしまい、箸を気軽に伸ばせなかった。

またそれが遠慮と見なされて、俺の皿に早苗さんがニコニコしながら肉をのせていく。

「悠斗君、どんどん食べてくれていいんだよ」

ビールを片手に父親も笑っていた。そんなふうに言われたらもう食べることしかできなくて、次から次へと出てくる焼肉を口に運んだ。食事は文句なくおいしかった。

ただ、自分が得られなかった家族の姿を見せつけられたようで、少し切なくなった。小学生らしく、楽しそうにずっと脈絡のない話をしている兜。そしてそれに耳を傾けて真剣に受け答えする父親。せっせとお肉を焼いて家族に十分行き渡るように気を配る母親。両親の愛情をたっぷり注がれてお姫さまのように育てられた葉羽。住み心地のいい大きな家。俺の目に映る花咲家は何もかも完璧と言えた。

それとも、それはただ隣の家の芝生が青く見えただけだったのだろうか。俺が花咲家のことを表面上でしか見ていなかったと気づくのは、かなりあとになってからだった。

隣にいる葉羽に緊張しながら、ホットプレートで焼けていく肉を見つめては、ときどき箸をぎこちなく伸ばす。葉羽の母親はどんどん肉を焼き、父親は俺に気を遣って好きな食べ物、趣味、得意な科目などいろいろと質問してきた。数学が得意だと言ったら感心された。実際、前に通っていた中学でも成績はトップだったので、そこは堂々としていられた。

「芳郎君も勉強ができたけど、悠斗君もすごいな」

突然、従兄弟の芳郎兄ちゃんの話が出てきたので、自分が比べられているみたいで何となく居心地が悪くなってしまう。芳郎兄ちゃんは格別に秀才で、人間性も穏やかで優しい。最近は会ってないけど、電話がかかってきたときは話をしたりする。『僕の部屋を汚すなよ』とからかって笑い、そのあとは、『あまり無理をするな』と俺を心配してくれたりもする。欠点がないくらい芳郎兄ちゃんは完璧な人だ。そんな人と葉羽の前で比べられるのは嫌だった。

「だけど、芳郎君も一時悩んでいた時期があったな」

それは初耳だった。箸を持つ俺の手が止まる。

「あれだけ勉強ができると、人一倍負けられないプレッシャーがあったんだろうな」

「あの芳郎兄ちゃんが……」

俺がびっくりしていると、葉羽の父親はにっこりと微笑んだ。

「だけどサボテン爺さんの手品を見て、元気になったそうだ」

「えっ、サボテン爺さん……」

芳郎兄ちゃんもサボテン爺さんの手品を見ていたのか。

「あの人は子供たちに失敗してもいいと教えているような人だったから、リラックスできたんだと思う。あれは本当に楽しい手品だったからね」

父親の言葉で、みんなサボテン爺さんのことを懐かしがった。

「そういえば一度、火を使ったマジックをしようとして、火事になったら怖いから、さすがにみんなに止められてたわ」

早苗さんが言うと、兜が「その手品、見たかったな」と笑っていた。サボテン爺さんはいろんなところでみんなの記憶に残っていた。

「もういないなんて信じられない」

和やかな雰囲気だったのに、葉羽はしゅんとしてしまった。まだ悲しみから癒えていないのだろう。そのせいで一瞬みんな黙り込んで、しんみりしてしまった。

「ほらほら、お肉が焼けているわよ。悠斗君、しっかり食べて」

早苗さんが気をきかせてまた俺の皿に肉をのせた。続いて兜の皿にピーマンをのせた。

「何で僕はピーマンなの？」

文句を言いながらも、ちゃんと食べる兜は偉い。両親はにこやかにそれを見守り、先ほどのしんみりした雰囲気も払拭された。

育ち盛りの兜はたくさん食べていたが、葉羽は食欲がないのかあまり食べてない様子だった。そんな葉羽が心配になり、俺は思わず、

「レバーはしっかり食べたほうがいいぞ」

そう言っていた。

「……でも、レバーは苦手なんだ」

葉羽は突然話しかけられて少し戸惑っているようだった。

「だけど、鉄分が多く含まれているから体にいい」

「えっ」

葉羽の手の動きが止まり、俺に視線を向けた。俺が葉羽の体の具合を心配していたとは思わなかったのだろう。俺はこのとき、照れくさく笑みを浮かべた。葉羽ははっとして前を向く。ホットプレートの上でジュージューと焼けていく肉をしばらく見つめ逡巡している。そのあと覚悟してぐっと力を入れるや否や、自分の箸で焼けたばか

りのレバーを力強くつまんだ。俺の助言を素直に受け入れてくれた。

葉羽は一気にそれを放りこみ、苦い顔をしながら口を動かし、最後はお茶で流して無理に飲み込む。少し苦しそうにげほげほと咳き込み、それが収まると一仕事したようにほっと一息ついた。

「これで鉄分取れるかな」

「もっと食べたらもっと取れると思う。だからしっかり食べろ」

「えっ、もっと……わ、わかった」

もう一度レバーに手を出していた。苦手だと言いつつ、俺が勧めたレバーを葉羽は一生懸命食べようとする。俺が葉羽のことを心配していたと、伝わったようで嬉しかった。遠回りしてしまったけど、また前みたいに葉羽と笑い合えるようになるかもしれないと思った。


食事が終わってしばらくすると、父親が兜を呼んで何かを伝えている。

「えっ、ほんと？　わーい」

兜がはしゃぎながら俺の元へと駆けてくる。

「お兄ちゃん、これから花火だって。一緒にやるでしょ」

「悠斗君も、もちろん参加するよね」

父親にも言われて、俺は自然と首を縦に振っていた。

夏の風物詩の花火。小学生の頃は、楽しくて仕方のないイベントだったような気がする。今はもうあの頃みたいに純粋に楽しむことができず、ただ花火の準備をする花咲家をぼんやりと見ていた。太陽が沈んでも温度は下がらず、もわっとした空気がこもっている。ねっとりとした湿気が肌にまとわりついて、ひたすら蒸し暑い夜だった。

突然、ぱちんと手を叩く音で、ぼうっとしていた俺は我に返る。

「嫌だ、蚊だわ」

早苗さんが、暢気な声を出して周りをうちわであおいでいた。俺は葉羽が蚊に刺されないか心配になり、さりげなく彼女に近づいた。たとえ蚊であってもこれ以上血を抜かれるのは黙って見ていられない。

部屋の明かりが漏れた裏庭は、ぼやっと葉羽を浮き上がらせていた。彼女は儚げで、風が吹けば飛ばされてしまいそうに薄く感じた。ふいに目が合ってしまい、俺は恥ずかしく慌てて目を逸らす。でも暗い夜空の下では、俺が何をしてるかはっきり見えないかもしれない。もう一度葉羽に視線を向けてみた。

こんなに近くにいるのに、レバーを勧めた以外、まだ葉羽とまともな会話をしていない。俺があんな態度をとってしまったことで、やっぱりお互いどこかで意識をしている気がする。ぎこちないリズムの息遣いだけが、敏感に俺たちの間をすり抜けていった。

そんな張り詰めた俺たちの間を、兜が有り余るエネルギーを発散するように走り回っていた。ただ、花火の準備をしていた父親だけが、落ち着きなさいと兜を注意している。俺はそれを手助けするつもりで、走り回っている兜を捕まえてからかってやった。

「ほら、これで動けないだろう」

「お兄ちゃん、くすぐったいってば。はははは」

兜は俺の腕の中で楽しそうに暴れ回り、それを葉羽が優しげに見ていた。葉羽が小さく笑っているのを見て、今はそれだけで十分だと思うことにした。

ゲストということで最初に俺が花火を持った。花火は勢いよく火を噴いて、バチバチと派手に散っている。その火をもらおうと葉羽が自分の花火を近付けた。俺は、葉羽が持つ花火の先端に、勢いよく飛び出している火を向けてやる。葉羽の花火も同じように激しく燃え出して、火薬がパチパチとはじける音を立てた。花火の炎にぼやっと顔が照らされて、そのときは葉羽の青白い顔もオレンジ色の光で赤みがかって見えた。

「綺麗だね」

火に魅入られたかのように、うっとりとしながら葉羽が呟く。俺も「そうだな」と答えた。

「ほらほら、もっとあるぞ」

父親が花火をもう一本俺に渡してくれた。花火の火が消えないようにとすぐに点火を試みるが、うまく火がつかないまま消えてしまった。葉羽がそれを見ていて、自分の花火の火をそっと俺に向けてくる。俺がそれを受け取ると、また花火は燃え出した。

その何気ないやりとりが俺には心地よくて、葉羽に気づかれないようにこっそり笑った。

「葉羽、手品うまくなったんだろ。今度見せろよ」

手品のことを自分から聞くのは照れくさく、ぶっきらぼうな口調になってしまう。この雰囲気にほだされてつい話しかけたが、俺は葉羽と話せたことが嬉しくて相当ドキドキしていた。

「うん、いいよ」

そう言った葉羽の声が弾んでいた。葉羽も今、俺と一緒にいることを楽しんでくれているのだろうか。

花火は暗闇を切り裂く激しい火を噴出してどこか攻撃的だったが、俺の心にも派手に点火してくれた。まるで宇宙にも飛んでいけそうなロケットになった気分だ。

俺は、葉羽とまた小学生の頃のように笑い合えると思った。葉羽に許されたような気になっていた。だから俺は勢いづいて、さらに葉羽に話しかける。

「貧血はもう大丈夫なのか」

「うん。大丈夫。一週間に一度、病院で点滴打たないといけないけど、薬が体に合ってるみたいで今は立ちくらみもないし楽になった」

「鉄分不足だったんだろ？　しっかりと鉄分取れよ」

「そうだね、レバーもいいけど、ほうれん草もとらなくっちゃ」

「そうなると、まるでポパイだな」

葉羽は俺の言葉に笑っていた。

「そういえば、兜が言ってたぞ。『お姉ちゃんはMです』って」

「エム？　何それ？」

「マゾですって意味だろ」

「やだ、兜がそんなこと言ってたの？　もう、マゾなんて言葉、どこで覚えてくるんだろう」

「兜は、誰かが言っていたのを聞いたみたいだったけど、葉羽のことだから、多少しんどくなっても我慢してたんだろ。それがマゾってことなんだよ。痛めつけられることに快感を覚える」

「やだ、そんなの。そんなこと言いふらしていたなんて、あとで兜にお仕置きしなくっちゃ」

葉羽はこのとき、たしかに笑っていた。でもどこか無理して笑っているようにも見えた。マゾという言葉が嫌だったのかもしれない。

激しく散っていた火がだんだん消えていく。葉羽はしばらく、火が消えた花火を持ちながら思いふけるようにぼんやりしていた。

「火、消えてるぞ」

俺が、新たに手持ち花火を葉羽に手渡せば、はっとしたようにそれを受け取った。

「どうかしたのか？」

「ううん、何でもない」

俺の言葉に葉羽は首を横に振った。

「よし、次、これいくぞ！」

突然叫び声がし、葉羽の父親が噴出花火を地面に置いて点火した。火が激しく上に向かって噴き出すと、俺たちはそれに魅入られた。

「噴水みたいだ」

兜が無邪気に喜んでいた。やがてそれが終わるともっと見たいと父親にねだる。父親は次の花火を取り出した。

「ようし、今度はもっとすごいぞ」

兜はそれに応えてはしゃいでいた。

思いがけない楽しい夏の夜。居心地のいい葉羽の家族。一緒に暮らす優しい伯父と伯母。穏やかなこの街で生活していく自分。こんな日がこのまま続いていくんじゃないかと、俺はそのとき思っていた。


ところが、この日を境にしてしばらく葉羽と会わない日が続いた。葉羽はこのあと、塞ぎ込むように家から出てこなくなってしまう。

俺はまた何か気に障ることとでも言ってしまったのだろうか。一人で考えてもわからないので、勇気を出して葉羽の家に行ってみた。早苗さんが俺を見るなり申し訳なさそうな顔をした。

「今ね、葉羽は誰とも会いたくないって言ってるの。ごめんね」

「何か、あったんですか?」

「ちょっとね……」

早苗さんは言葉を濁す。それ以上は答えられないと「ごめんなさい」と何度も謝られた。俺はそれ以上何もできなくて、仕方なく花咲家をあとにした。

誰にも会いたくないと言っているが、俺に会いたくないと婉曲《えんきょく》的に意味しているのだろうか。納得いかず悶々《もんもん》としているうち、夏が後味悪く終わっていった。

第三章　導くサボテン

二学期になっても、俺は人との距離を取ってひとりでいた。寂しい学校生活。家に帰っても同じだ。やっと葉羽と話ができたと思ったのも束の間、葉羽は俺を避け出したからだ。もやもやとして気持ちが晴れずしょげ返る。だけど伯母の家にお世話になっている居候のうえ、俺ができることは勉強しかなかったので、それだけは気を抜けず怠けられなかった。

勉強というものは努力すればわかりやすく成果に繋がる。テストのたびにいい点を取ると伯父も伯母も喜んでくれた。担任とクラスメートにも、勉強ができる転校生だったと知れ渡って、一目置かれるようになったくらいだ。その陰で俺に負けた奴にはおもしろくなかったかもしれないが、表ざたに露骨にライバル心を向ける奴もいなかった。

別にテストでいい点を取ったからってどうするわけでもない。担任がクラスで俺のことを褒めても、いつものように静かに普段通りにするだけ。その辺に生えている雑草のように、誰にも気にされない透明人間のようになれることが一番ほっとした。

だけど、ある日の体育の授業でバスケットボールをしているときだった。俺が投げたシュートが試合終了間近にギリギリ決まってその場が沸いた。みんなから褒められて、戸惑いながらも久しぶりの高揚感を味わった。

「さっきのシュートすごかったな」

体育の授業が終わったあとでそう言われると、嬉しくて照れ笑いしてしまった。

「何だ、お前、笑えるんじゃん」

からかうように軽く肩をこぶしでつつかれた。何気ないコミュニケーション。触れ合いが俺の心を満たしていくのを感じた。それがきっかけとなって、クラスになじんでいった。何も無理してひとりにならなくてもいい。そう思ったとき、自然に友達ができていた。

少しずつ感じる自分の変化。環境が変わるだけでこんなにも違ってくるものなんだと思った。

前の学校では未だに俺が負け犬として笑われているかもしれないが、そんなことはもうどうでもよくなってきている。俺は昔の自分を捨てて新たなものになりたかった。もしかしたら卑屈じゃない前向きな自分に変われるんじゃないかと少し期待する。こんなことを思うようになっただけでもすごいことだった。

人を信用するのが怖い臆病さは皮膚の下に隠れているだけで、もしかしたらすぐ化けの皮がはがれるのかもしれないが、今のところは落ち着いていた。これも一緒に笑ってくれる友達ができたお陰かもしれない。誰かと一緒にいる。それは本当に心強かった。

学校生活は充実するが、家に帰れば葉羽の事が気になっていつも彼女の家を見てしまう。どうしているのだろうか。やっと素直に話せるようになったと思ったのに、今度は葉羽がよそよそしい態度になってしまった。手品を見せてくれると約束したのに、それすらなかったことのようにされて、ぽっかりと自分の心に穴が開いたみたいだ。

なぜ葉羽は家に閉じこもってしまったのだろうか。葉羽もまた俺の知らないところで何かの壁にぶち当たって、もがいているのかもしれない。けれど俺は葉羽に拒絶されたらという不安から、自分から歩み寄ることもできずに様子を窺うだけの毎日を過ごしていた。

そんなある日の、秋の夜長を楽しむ満月が美しく映える夜のことだった。文化祭の準備で帰宅がすっかり遅くなってしまった。その満月を見ながら、俺はふいにサボテン爺さんのことを思い出した。

『――あのな、ここだけの話だが、サボテンは不思議な力を持っていてな、特に満月の光を浴びると不思議なことが起こるんじゃ』

サボテン爺さんはあの日、そんなことを言っていた。あの家のサボテンはどうなったのだろうかと思うと、無性にサボテン爺さんの家に行きたくなり、俺はうろ覚えの記憶であの家を探し始めた。大きなサボテンが生える家だったから見ればすぐにわかると思っていたが、なかなか見つけられない。表札で探そうとしたけど、そういえばみんなサボテン爺さんと呼んでいたから、本当の名前を知らないことに気づいた。

挙動不審に辺りをキョロキョロしながら歩く俺に、犬の散歩をしていたおじさんが声をかけてきた。

「どうしたんだい？　この辺りで見かけない学生さんのようだけど」

怪しいと疑われているのか親切心なのか定かじゃないが、声をかけてくれたのはありがたかった。サボテン爺さんのことを話し、その家を探していると説明すると、おじさんは急に親しく話してくれた。

「ああ、サボテン爺さんか。昨年お亡くなりになってね、あの家は家族の方が売りに出して、それからサボテンも片付けられてしまったよ。この街の名物が消えたみたいで私も寂しく思ったもんだった」

「えっ！　サボテンは全部撤去されたんですか」

俺は思わず声を上げてしまった。

「大きすぎるのはどうしようもなかったかもしれないけど、いろんな人に譲ったり、寄付したりしていたよ。珍しいものもあったし、サボテン爺さんの形見として欲しい人もたくさんいたらしい」

「そうですか」

俺は少し肩を落とした。あのサボテンを見れば、葉羽とまた仲よくなれそうな気がしていたのに。

「君もサボテン爺さんの手品を見たことあるのかい？」

「はい」

それがとても誇らしくて、はっきりと俺は返事した。

「そうか、あの手品は最高だったな。今頃は天国でも楽しませているんじゃないかな」

サボテン爺さんの手品を思い出し、そのおじさんと一緒に月を見上げた。あの金ぴかな衣装にファスナーが開いたとんちんかんな格好で、どれだけ失敗しても楽しそうにしていたサボテン爺さん。お互い想像した姿はきっと一緒だろう。

俺はおじさんに礼を言って、教えてもらったとおりの道を進んだ。少しでもサボテンが残っていてほしいと淡い期待を抱いていたが、おじさんが言っていた通りその家にはサボテンはもうなかった。

建物自体は変わってないはずなのに、そこには小学生のときに見た家とは全く違うものが建っていた。あのモンスターみたいな巨大サボテンはすっかり退治されてしまったようだ。月の光が、あの頃の面影をなくした姿を無情に冷たく照らしている。

「ひとつでもサボテンが残っていたらよかったのに」

サボテンが妙に懐かしく、あのときもらっておけばよかったと今さら後悔する。そして同時に、葉羽がもらったサボテンを思い出し、あれはどうなったのだろうと気になった。

　枯れかけていたからもう手元にないだろうと思ったが、満月を見上げ透き通る光を受けていると、サボテンのことが頭から離れなくなった。何だか急かされるように俺は慌てて夜道を駆けていった。

　そして今俺は、伯母の家ではなく葉羽の家の前に立っている。葉羽は俺に会ってくれるだろうか。拒否されたらと思うと怖くて、満月の夜空を仰ぐ。真珠を思わせるようなその月の光が、優しく微笑んで味方してくれているみたいだ。その光に促されるように俺はインターホンを押していた。

「はい」と言う早苗さんの声がスピーカーから聞こえてきた。

「悠斗です。あの、その、夜遅くすみませんが、葉羽に会えますか？」

「悠斗君？　あっ、ちょっと待ってね」

　そのあと、ドアが開くと気まずそうに早苗さんが出てきた。

「今、葉羽はお風呂に入っているんだけどね、ちょっとね……」

　歯切れが悪く、遠まわしに会いたくないと言ってるように聞こえた。

「あの、そしたらひとつ聞きたいんですけど、葉羽はまだサボテンを持ってますか？」

「サボテン？　ああ、あの丸いサボテンのこと？　あれなら葉羽の部屋に飾ってあるけど」

「まだあるんですか？」

葉羽がまだサボテンを持っていたということが、俺には嬉しかった。あの頃の絆がまだ俺たちの間には残っているような気がしたのだ。

「うん、あるわよ。葉羽はとても大切にしていて、まるで生き物のように扱っているわ。ときどき話しかけたり、じっと見つめたりしているの。入院しているときも持ち込んだくらいなのよ。縁起が悪いから根付くものをあまり病院には持っていきたくなかったのに、それでも特別なものだからって言って聞かなくてね……。だけどあのサボテンがどうかしたの？」

「ええっと、あの……」

俺はただあのサボテンが、どうなっているのか知りたかっただけだった。でも、早苗さんは、俺の次の言葉を待っている。俺は何をどう言っていいのかわからなくなり、焦ってサボテン爺さんが言っていたことを口走った。

「だったら、その、今夜、月明かりにそれを浴びせてって伝えてくれませんか？」

つい興奮して、早口で俺はそんなことを言ってしまった。

「ええ、いいけど、一体どうしたの？」

早苗さんは、突拍子もない俺の言葉に不思議そうな顔をしていた。

「えっと、その、サボテン爺さんが昔、サボテンの話をしてくれて……」

俺は、サボテン爺さんと出会ったときのことと、サボテンの不思議な力のことを訥々《とつとつ》と話した。

「そうなの。だから葉羽はあのサボテンを大切にしているのね。葉羽はサボテン爺さんにとてもかわいがってもらっていたからね。わかった。ちゃんと伝えとくね」

早苗さんは、さっき見た月の光に負けないくらいの優しい笑顔を俺に向けてくれた。

俺はおやすみなさいと挨拶をして、その場をあとにした。そしてもう一度月を眺める。

なぜ今夜こんなことをしたのだろうと、自分の思いきった行動が不思議だった。

満月の夜は狼男に変身するという迷信があるくらい、昔から何らかの影響を与えると言われている。そんな力が自分にも及んだのかもしれない。

「まさか狼に変身するなんてことはないよな」

俺はそう呟いて自分の体を見回した。


満月の導きによる俺の行動は、次の日の葉羽に速攻で影響を与えていた。

朝、家を出ようと玄関を開けたとき、葉羽はずっと俺を待っていた様子で、門扉の前でそわそわと立っていた。それは俺にとってあまりにも予想外のことだったので、朝から飛び上がるほどびっくりしてしまった。

「悠斗君、おはよう！」

元気よく声をかけてきた葉羽に力強さを感じた。今までのよそよそしさがすっかり消えている。本当にサボテンが奇跡を起こしたのだろうか。

「お、おはよう」

心の準備もないままに待ち伏せを食らって俺の声が上擦った。そんなこともお構いなしに、葉羽はぐいぐいと俺に迫ってくる。

「悠斗君、今日、何時に帰ってくる?」

「ええっと、五時くらいには帰れるかも……」

何が起こっているかわからないまま俺がそう答えると、葉羽は俺に命令するように強く言う。

「わかった。そしたらそのときに家に来て!」

「えっ?」

「待ってるから」

それだけ言うと、家の前に停めていた車に急いで乗って行ってしまった。運転する早苗さんに朝の挨拶もできないまま、あっという間に目の前を過ぎていった。

葉羽も朝の忙しい通学の中、俺に会うために待っていたのだろうか。ドアを叩けばすむことを、俺の朝の貴重な時間を邪魔しないように気を遣ってくれたのがわかる。

急なことに戸惑い、頭の中で整理がつかずしばらく呆然と立っていたが、学校のことを思い出し慌てて歩き出す。そのとたん、足が絡んで転びそうになってしまった。葉羽の顔を見てずっと心臓がドキドキとしている。先ほどの葉羽を頭に浮かべていると狐につままれたような気持ちになって、そのままふわふわとした感覚で学校に向かった。

一日中、朝のことに気を取られて、時計ばかり気にしていたように思う。一体葉羽が何をしようとしているのか、想像もつかなかった。

学校から解放されると、俺は葉羽の家に直行した。葉羽の家の前に立つと、ずっと拒否されていたので緊張して体が硬くなっている。指まで張り詰めてぎこちなくインターホンを押した。

葉羽は俺の帰りを待っていたのか、家の外にまで廊下をドタバタ走る振動が漏れてきて、その直後勢いよく玄関のドアが開いた。

「お帰り」

まるで一緒に住んでいるかのように葉羽は俺を迎え入れた。今までの弱々しさが消えて、まるで鼻息を荒くした闘牛みたいに迫ってくる勢いだ。圧倒されて玄関前で突っ立っていると、葉羽は俺の腕を引っ張り家の中に引きずり込んだ。

「ちょ、ちょっとどうしたんだよ」

「いいから、早く」

葉羽はゆっくり靴を脱ぐ暇も与えてくれない。

「おい、靴そろえてない」

「そんなこと気にしなくていいの」

容赦なく引っ張られ、俺は葉羽の部屋に連れられた。兜も後ろからついてきて一緒に遊びたがったが、葉羽が駄目だと言って追い出した。

「お姉ちゃんのケチ！」

兜を締め出しドアを乱暴に閉める葉羽は、花火をした日の葉羽とは全然違った。使命感に震え、責任を背負った勇者のように背筋を伸ばして俺をしっかりと見つめる。

「一体、何があったんだよ」

「そっちこそ、昨晩、何であんなことお母さんに言ったの？」

葉羽の口調がいつにもなくきつく、俺はたじろぐ。

「昨日、満月だったから、何か急にサボテン爺さんの話を思い出したんだ。そしたら、ついあんなこと言ってしまったんだけど、自分でもよくわからないんだ……もしかして、怒ってるのか？」

俺はこわごわと葉羽の様子を窺いながら何とかひと息で話す。

「ううん、そんなことあるわけないでしょ。感謝してるくらいよ」

「えっ、感謝？」

口調と言葉が合ってないから、余計にこんがらがった。

「忘れていたこと思い出させてくれたから。ありがとう」

「だから、一体何の話をしてるんだ？」

葉羽の言っていることが理解できぬまま話は進んでいく。昨晩の満月の夜、葉羽に一体何が起こったのだろう。俺はそれを教えてほしかったのに、葉羽は何も言わずいきなり俺に手のひらを向けた。

「これ」

その直後、一度グーをして、くるっとひっくり返して手の甲を見せ、そしてまた指を開いた。そこには赤い玉が指の間に挟まっていた。俺は意表をつかれて、しばらく固まって葉羽の手を見つめていた。

「どう？　うまくなったでしょ」

葉羽は得意げな顔つきになっていた。だが、どこかバランス悪い。指の間に挟まってないところもあり、すかすかな玉の現れ方だった。よく見ればいくつか足元に玉が落ちている。それを隠そうと葉羽は足をもぞもぞさせて、玉を寄せ集めていた。

「何個か落ちているぞ」

「あっ、ばれた？」

やはり葉羽の手品はどこか抜けている。師匠があの調子だったからまともに教え込まれてなかったのだろうが、それでも以前より少しは上達したみたいだ。

「だけど、どうして急に手品を俺に見せる気になったんだよ。昨日の夜、何かあったのか？」

俺がわけを聞いているのに葉羽はそれをはぐらかす。

「だって手品を見せるって、約束していたじゃない」

「そうだったけど、でも今になって急に見せられてもさ、今まで葉羽は何で俺を避けていたんだよ？って話になるじゃないか。だから昨日一体何が……」

俺が話を元に戻そうとすると、葉羽はそれを遮って深刻な顔を見せた。

「避けていたわけじゃないの。私だって、その、いろいろとあったの。でも、やっと大切なことに気がついただけ。悠斗君だってここへ戻ってきたとき、ちょっと気難しくて私とぎくしゃくしてたじゃない」

「そうだけど、俺もいろいろあったから……」

自分の触れてほしくないことを言われると、俺も言葉に詰まる。そのとき、葉羽は俺の腕を掴んだ。そしてじっと傷を眺める。

「治ってきてるね」

そうぽつりと言って、そっと俺の傷口に触れた。

傷跡のことを言われるとは思わなかった。こっちに来てから傷をつくることはなかったが、これもあまり触れてほしくない話題だ。俺が苦い顔をしていたそのとき、俺の手首の上に突然花のくす玉がポンと現れた。あらかじめ葉羽は自分の手に仕掛けを隠し持っていたのだろう。

「これで大丈夫。いつかこの傷は綺麗に治るからね」

まるで魔法をかけられたようだ。そして、俺に花のくす玉を手渡し葉羽が笑う。無邪気な小学生の頃みたいに——。

その後しばらく沈黙が続き、俺も葉羽もお互いの心の内を全て話せず、うまく伝えられないことを恥じるようにぎこちなく微笑んで見つめ合っていた。

「さあ、手品しよう」

葉羽は部屋の隅に置いてあった、手品の道具がたくさん入った箱を引っ張り出した。けれど俺は葉羽が何を考えているのかよくわからず釈然としない。

葉羽は俺の様子を窺い、何かを言いたそうにしている。俺は何と言っていいのか迷って、ただ葉羽が手品の道具を取り出すのを見ていた。

「この道具ね、師匠にもらったの」

葉羽は慈しむように、その道具を手に取った。

箱の中をよく見れば、鳩のぬいぐるみが顔を出している。サボテン爺さんが腹話術で使ったものだ。あのときの楽しい手品が思い出される。俺たちはまだ子供で、葉羽はサボテン爺さんのことをシショと呼んでいた。あの子供じみた響きはもう聞けないし、サボテン爺さんの手品も見ることができない。そう思うと、懐かしさと切なさが同時に込み上げた。

俺が物思いにふけっていると、葉羽は道具を取り出す手を止めた。

「ねぇ、悠斗君、サボテンと妖精の絵を覚えてる？」

「ああ、覚えてる」

ある女の子が描いてくれたと言っていた、古ぼけたあの絵。あのとき、俺はサボテン爺さんの話の続きを聞きそびれたんだった。

「あの絵をまた見せてもらう機会があったんだけど、それを見ながら師匠が話してくれたの。師匠ね、小学生のとき、悪いことばかりしていたんだって。いろんな人に怒られたけど、担任の先生だけは、いつもニコニコしながら、師匠のことを褒めてくれたんだって」

葉羽の話を聞きながら、サボテン爺さんの子供の頃を俺は想像するが、坊主頭の姿しか思い浮かばない。

「担任の先生の机の上には、かわいらしいサボテンの鉢植えが飾られていて、先生はサボテンが大好きだったそうよ。『サボテンは棘があるけど、そこがいい』って言って、悪いことといっぱいしている師匠にも『みんな、どこかに欠点があって当たり前、ありのままのあなたが好き』って、言ったんだって」

きっととても優しい先生だったんだろう。そんな先生に教えてもらったら、俺も素直に育ちそうだ。羨ましいと思うと同時に心が温かくなってくる。

「先生はサボテンにも優しい言葉をかけていたらしいんだけど、そうしたら綺麗な花が咲いたらしいの。師匠に対してもいいところばかり褒めていたら、自然と悪いことをしなくなっていったんだって」

「そういえば、サボテン爺さんもそんなことを言っていたよな。言葉の力ってすごいな」

「師匠にとったら先生は言葉を操る魔法使いに思えたらしく、つい魔女みたいって言ったんだって。そしたらあまりいい意味にとってもらえなくて、それで妖精のほうがいいって言われたそうよ」

「妖精か……」

たしかに魔女よりは妖精のほうがかわいいイメージに思える。

「先生は褒めるだけじゃなく、師匠にヘレン・ケラーの言葉を教えたの」

「ヘレン・ケラー？　『奇跡の人』の話で知られている三重苦の人だろ」

「そう」

葉羽はすっと一呼吸してから、宙を仰いで言った。

「えっと『ベストを尽くしてみると、あなたの人生にも、他人の人生にも、思いがけない奇跡が起こるかもしれません』という言葉」

「ふうん。いい言葉だな」

「師匠はその言葉を聞いて自分も奇跡を起こしたいって思ったんだって」

俺はずっと心をほんわかとさせてその話に聞き入っていた。

「師匠はその先生のことが大好きだったけど、師匠が中学に上がった頃、先生は事故で亡くなってしまったの」

「えっ、そんな悲しいことに……」

サボテン爺さんも辛かったに違いない。想像すると俺まで胸が痛くなってきそうだ。

「先生には小学生の娘さんがいたんだけど、お母さんを亡くしたショックが強くて、一時的にしゃべれなくなったらしいの。それを知って、師匠は先生への恩返しのつもりでその娘さんの心のケアをするようになったんだって」

「もしかして、あの絵を描いたのは先生の娘さん？」

「そうなの。師匠は母親の死を受け入れられない娘さんに、『お母さんは妖精になったんだ』って言ったの。大好きなサボテンの周りを飛んで、サボテンと話をしているんだって。そのうちお母さんとサボテンの声が聞こえるかもしれない……その子を励ますために、そんなことを言ったらしいの」

少し無理があるけども、悲しみをどうにか和らげたくて、サボテン爺さんも必死で言ったのだろう。ヘレン・ケラーの言葉のように自分も一生懸命になって、その女の子に奇跡を起こしたかったに違いない。そして俺に話す葉羽の顔も真剣そのものだった。まるで葉羽もそのつくり話が本当であるように思ってるようだ。

「娘さんも、お母さんが好きだったサボテンを大事にして、お母さんのことを思って、サボテンと妖精の絵を描くようになったの」

「あの絵にはそんな意味があったのか」

「ずっとしゃべれなかったんだけど、絵を描いているうちに、いつしか心がほぐれてしゃべれるようになったんだって。そしてそのとき、師匠に言ったらしいの。『サボテンの声がずっと聞こえてた』って。女の子が寂しくないようにサボテンが話をしていたんですって」

サボテン爺さんの話に合わせて言っただけなのかもしれないけど、本当にサボテンの声が聞こえていたらいいなと、俺はらしくないことを思った。

「また話せるようになったら、サボテンの声は聞こえなくなったらしいけど、サボテンと妖精の絵はずっと描き続けていたそうよ」

この話を聞いたあと、あの絵を思い出すといっそう感慨深いものがあった。いろんな思いがあの絵には詰まっていたのだろう。

「師匠はそれから引っ越して、女の子と離れてしまうのだけど、お別れの日に女の子からサボテンを手渡されたの。そうして月日が流れ、女の子とは疎遠になってしまった。そのうち師匠も大人になって働き始めるんだけど、仕事がうまくいかなくて思いつめていたらしいの。あまりにも苦しくて、高いところから身を投げようなんてことも思ったんだって」

「えっ、あのサボテン爺さんが!?」

あの手品を見ていたときは、全然そんなふうには思えなかったが。

「そんなときに成長した女の子と再会して、今度は師匠が助けられたの」

「へぇ」

話の展開がドラマティックでまるで映画のようだと思った。

「それが縁で、ふたりは結ばれたの」

「えっ、結婚したってことか？　感動ものの話だな」

うまくことが運びすぎたことにびっくりしてしまったが、いい話であるとはもちろん思っていた。でも葉羽は俺が話を信じていないと思っているのか、どこか疑うような目で俺を見据えている。そして慎重に口を開いた。

「その女の子は、サボテンに導かれて師匠に会いに行ったんだって」

「え？」

「サボテンが、師匠のいる場所をその女の子に教えたってこと。サボテンの花が咲くとき、奇跡が起こるの！」

葉羽はまるで自分の身に起こったことのように、力みながら話していた。サボテン爺さんもサボテンの不思議な力で奇跡が起こったと言っていたが、偶然の出来事と捉えることもできるだろう。

俺がポカンとしていると、自分の思うように伝わらなかったもどかしさからか、葉羽はがっかりするように眉根を下げていた。

「とにかく、あの絵のことはわかったから」

「本当にわかったの？　サボテンが奇跡を起こすんだよ」

葉羽はむきになって身を乗り出し、俺にそれを信じ込ませようとしていた。

「ちょっと大げさに話した、サボテン爺さんの恋物語ってことだろ？」

俺がそう言うと葉羽は何かを言いたそうにしていたが、結局黙ったまま俺の前を横切り、出窓にかかっていたレースのカーテンを引いた。出窓の棚にはあのサボテンが置かれている。サボテンは枯れるどころか、生き返ったように青々としていた。

「これ、あのときにもらったサボテンなのか？」

俺は目を見張った。

「うん、そうだよ」

「こんなに元気になっているなんて」

俺がまじまじと見ていると、葉羽は嬉しそうに笑った。そして、はっきりとした口調で俺に言った。

「このサボテンは三回だけ花を咲かすの」

「三回？　何で、そんなことわかるんだよ」

「サボテンがそう言ったから」

「おい、葉羽まで、サボテン爺さんの話を真似るのか」

俺は思わず噴き出した。

「あっ、悠斗君が笑ってる。久しぶりに見た」

そんなことを言うから、やはり俺を笑わせようと、葉羽は冗談を言っただけなのかもしれない。

「何だよ」

葉羽は優しい眼差しを俺に向けている。俺は面映《おもは》ゆくなって顔を背けた。けれど葉羽にはそんな俺の気持ちはお見通しなのか、ただくすくすと笑っていた。やっと葉羽と元に戻れたような嬉しさに体が熱くなる。

「それでね、このサボテン、あと一回だけ花が咲くの」

「じゃあ、もうすでに二回花が咲いたってことなのか？」

葉羽が嬉しそうにするから、俺も調子を合わせてみた。

「うん、次も同じようにすごい奇跡が起こると思う。前の二回もそうだったから」

葉羽は何を言っているのだろう？　まだサボテン爺さんの話を真似ようとしているのだろうか。

「奇跡？　花が咲くと奇跡が起こるってことか？」

「多分、そうだと思う……」

自分で言っているのに、急に自信をなくしたように口ごもる葉羽。何だか矛盾している。でも奇跡って何のことだろう。葉羽に何かが起こったのか？　俺は訳がわからないまま、とりあえず聞いてみた。

「おいおい、すでに二回奇跡が起こったんだろ。何でそこで多分、なんだよ」

「うーん、うまく言えないんだけど、その奇跡は私の使命みたいなものだったから」

「一体どういう意味だよ。何言っているか全然わかんないんだけど。ちゃんとどういうことか説明しろよ」

俺が詰め寄ると、葉羽は少し考え込んだ。

「……いつか悠斗君もわかるんじゃないかな。今説明しても、悠斗君はきっと信じないと思う。師匠の話も茶化したし」

「信じるも何も、まずは話を聞かないことにはさっぱりわからないよ」

「もういいじゃない。とにかく今は手品しよう」

葉羽は俺の問いかけを無視して、箱から道具を取り出すと俺に突き出した。

「えっ、俺もか？」

「そう。これからは、私が師匠で、悠斗君が弟子」

「何か頼りない師匠だな……っておい、勝手に弟子にするなよ」

「そっちこそ下手くそだなんて勝手に決めつけないでよ。少なくとも私のほうが何も知らない悠斗君より上手だよ」

聞きたいことは教えてくれないうえに、自分のほうが上手だと言い切られると、聞き捨てならず腹が立つ。

葉羽にやりこまれるのも悔しく、こうなると、無性に打ち負かしたくなって、急にやる気が湧いてきた。

「わかったよ。俺のほうがうまいところ見せてやるよ」

結局俺は、葉羽に手品を習うことになった。成り行きでこうなったとはいえ、これから葉羽と過ごせると思うと心が弾む。葉羽の話を全て理解することはできなかったけど、今はそれよりも葉羽との時間を大切にするほうが優先だった。

どこかでお互いを気にして臆病になってしまう俺たちは、すれ違いを繰り返しながらまた引き寄せられる。手品がまた俺たちの距離を近付けてくれた。

俺は葉羽の家にいつ行っても歓迎され、葉羽の両親からも家族のように扱われた。

「悠斗君、葉羽の相手をしてくれてありがとうね。葉羽もどんどん元気になっていくわ」

早苗さんからそんなことを言われ、そのときは素直に嬉しかったが、葉羽の父親からも会うたびに同じようなことを言われると、違和感を覚え始めた。

両親の過度の気遣い、優しいけども何かを気にして神経質になっている。理想の家族だと思っていたが、その完璧さがいつしか不自然に見えてきた。


ある日のこと、葉羽の部屋で手品の練習をしているときだった。コインが手から滑り落ち、何度試みても同じところで失敗してがっかりする。練習すればするほどイライラしてきて、挙句の果てにうまくできないと思い込んでしまう。さっきから尿意も催していたけど、これができるまで席を離れるものかと思っていた。しかしとうとう我慢できずに立ち上がる。

「ちょっと、トイレ行ってくる」

「いいよ」

葉羽は練習に忙しく、手品の本を見ながら見よう見真似で手を動かしていた。それを尻目に部屋を出て一階に下りれば、居間で兜がひとりでテレビに向かってゲームに夢中になっていた。邪魔しないように静かに廊下を歩きトイレに向かうと、早苗さんが虚ろな目で洗面所に立ってため息をついていた。すぐに俺の気配に気がつき、慌てて笑顔を見せる。

「あら、悠斗君、どうしたの」

「あの、ちょっとトイレを」

「あっ、どうぞ、どうぞ」

早苗さんを見たのはその一瞬だけだったが、どこか疲れているようで気になった。いつも明るい家庭だと思っていたのに、なぜため息をついていたのだろう。そのあとは、普段見ていた上品な笑顔がつくり物のように見え出した。嫌な不安がよぎる。けれど俺の気にしすぎかもしれないと、そのことについては葉羽にも話さなかった。


冬の寒さが増しクリスマスが近づく頃、俺は花咲家のクリスマスパーティーに誘われた。葉羽がケーキを焼くんだと張り切っている。ご馳走もたくさん用意すると言っていた。声をかけてもらえたのは嬉しかったし、できることなら花咲家でクリスマスを過ごしたかった。

芳郎兄ちゃんもちょうどこの日、実家に戻ってくると聞いている。実家で一晩泊まったあと、海外に行って正月をそこで過ごすらしい。滅多に会えない芳郎兄ちゃんと少しでも一緒にいたかった。

けれどその日は母親と久しぶりに過ごすことが決まっていた。本来自分が住むあの街に帰ることになっていたのだ。母親は奮発してホテルの有名レストランの予約を取り、豪勢にディナーを食べようと楽しみにしていてくれていた。姉の家とはいえ、ずっと息子を預け連絡もほとんどしなかったことが、母親としての役目を果たせていないという罪悪感になったんだと思う。

だから俺は芳郎兄ちゃんに会いたい気持ちを抑え、花咲家のクリスマスの誘いに魅了されながらも、母親とのふたりで過ごすディナーを優先した。葉羽も兜もがっかりしていたが、事情を話すと理解してくれた。芳郎兄ちゃんも俺に会うのを楽しみにしていてくれたけど、母親と一緒に過ごすほうが大事だと電話で言ってくれた。

この年でクリスマスに母親とホテルのレストランでディナーというのも恥ずかしかったが、これも親孝行だと思って割り切った。でも久しぶりに会うことで、少し成長した自分を見てもらいたいという気持ちがある。だから俺は母とのクリスマスを特別のものにしたいと気合をいれていた。

久しぶりにあの狭いアパートに戻れば、母の暮らしのほうが寂しげで、逆に俺のほうが罪悪感を抱いてしまった。中学を卒業して高校に入るときは、俺はまたここに戻ってくる。そのときは俺も母を支えていこうなんて、そんな照れくさいことを考えてはひとりでそれに浸っていた。人のことを考えられるようになったんだと思う。母を大切にしたい。面と向かって本人の前で言うのはまだ気恥ずかしいけど。

伯母の家に預けられ、そこで新しい中学校に通い自分の心も落ち着いてきて、過去に起こった虐めのことやそのとき感じた屈辱はすっかり薄れていた。もちろん伯父と伯母の協力の賜物でもあるけど、それ以上に葉羽が身近にいて俺を支えてくれたお陰でもある。葉羽の優しさに俺は救われたと言ってもいいだろう。

葉羽とは最初すれ違ったけど、あの満月の夜からは毎日のようにふたりで会っていた。ずっと自分の殻に閉じこもっていた俺が葉羽と一緒に行動を共にできたのも、絶えず葉羽が俺を気遣ってくれたからだと思う。素直になれない俺のことをよく理解しているように、いつも葉羽が俺を構ってくれた。

手品も俺の失敗が続いて葉羽がうまくできると、悔しくてつい練習を投げ出してしまう。葉羽はそんな俺を根気強くなだめて、機嫌を取り戻そうとしてくれる。結局俺は葉羽の気を引こうとして甘えているのかもしれない。

この気持ちが恋と呼べるものなのか、よくわからなかったけど、俺は葉羽と一緒にいるのが好きだった。

「何ひとりでにやにやしてるの？」

息が白くなる寒い夜、母が歩きながら俺に言った。

「何でもない」

俺は、顔を引き締めた。葉羽のことを考えると無意識に顔が緩むらしい。恥ずかしくて歩く速度が速まった。

混雑している人に紛れて、俺たちは予約しているレストランに向かっている。俺も母も精一杯のお洒落をし、どんなおいしいものが食べられるのか楽しみにしながらホテルの前にやってきた。母は立ち止まり、俺に笑みを向けるも、どこか緊張しているようにも見えた。

「ここよ」

俺がそれを見上げる。格式のある高級ホテル。入り口付近に大きなクリスマスツリーが飾られている。俺がエントランスに向かおうとすると、母はしばらく佇んでいた。

「今さら何を怖じ気ついてるんだよ。予約とってるんだろ。早く入ろう」

「そ、そうよね」

母の様子が先ほどと比べて変だった。滅多に来る場所ではないけど、周りはカジュアルな服装の人もいて、俺たちが見劣るわけでもない。ホテルのロビーにも豪華にオーナメントがいっぱい付いたクリスマスツリーが飾られ、和やかな雰囲気が漂っている。楽しい気分になるべきところなのに、母のそわそわとした態度はレストランに近づくにつれ酷くなっていった。

その理由《わけ》がわかったのは、レストランに入ってテーブルに案内された直後だ。そこにはパリッとしたスーツに身を包んだ見知らぬおじさんが座っていた。俺を見るなり席を立ち上がり、ぴしっと背筋を伸ばして取ってつけたような笑顔を俺に見せた。

母は俺のリアクションを気にしているのか、機嫌を窺うようにおどおどしている。

そんな中、そのおじさんは俺の名前を呼んだ。

「悠斗君だね。いつも君のお母さんにはお世話になっています」

俺は状況が呑み込めないまま軽く会釈したが、母を見れば心配そうな瞳を俺に向けている。それを見て俺はすぐにわかった。この人は、母の恋人――。

「とにかく話は座ってからだ」

その場は当たり前のようにおじさんが仕切っていて、俺は添え物のような存在に思えた。椅子に腰かけても、隣に座る母は何も言ってくれない。

なぜ事前に教えてくれなかったのか。俺は裏切られたような気分だった。でも、こういうことを前もって聞かされていたら、俺はここに来ていなかったかもしれない。

葉羽とのクリスマス。芳郎兄ちゃんとの久しぶりの再会。それらを蹴ってまで俺は今ここにいる。母と一緒に過ごすクリスマスを大事にしようと思っていたのに、それなのに……。

ウェイターが、テーブルの上の空のグラスに水を注ぎにきた。注がれるや否や、俺はそれを手に取り、一気に水を喉に流し込んだ。そして大きな音を立ててグラスをテーブルに置く。せめてものあてつけであり、何かをしないと感情に走りそうだった。

自分の母が俺のいない間に恋人をつくっていた。伯母に俺を任せ仕事に励んでいると思っていたのに、こういうことだったのか。道理で電話もあまりなかったわけだ。

一気に飲んだ冷たい水が、胃をキュッと引き締める。俺はただそれに耐えていた。

「あのね、悠斗……」

やっと母が話しかけてきたけど、続きを聞く気もしない。顔は無愛想だが、口から出てきた言葉は違った。

「別に何も説明することないよ。ふたりは付き合っているんだろ。俺に遠慮することなんてないよ。俺、別に反対しないよ」

自分でもびっくりするくらい穏やかに言えた。果たしてそれが俺の本心なのかと言われたら、嘘になったかもしれない。母の再婚を喜ぶべきか、勝手に話を進められて怒るべきなのか、俺自身どうしていいのかわからなかった。

だけどもしここで気に入らない感情を丸出しに否定したら、母はきっと俺を説得しようと伯父や伯母を巻き込むだろう。世話になっているだけに、これ以上迷惑をかけてはいけないと道理をわきまえた。俺の意見に関係なく、ふたりが好き同士ならもう仕方がない。ここで賛成しておくほうがいいに決まっている。

頭では理解していても気持ちは複雑だ。その気持ちが伝わることなく母は俺の言葉に安心し、目の前の相手を嬉しそうに紹介してきた。それでもう何も言えなくなった。

「こちら、西鶴信也《にしつるしんや》さん」

母の働いている会社の社長だった。社長といっても従業員が五人にも満たない小さなものだ。母の一生懸命働く姿に惚れたということらしい。

少し小太りで決してハンサムとはいえないが、真面目さが伝わってくる誠実そうな人だった。自分の父よりかは人格がしっかりしているだろう。それだけでも十分と思うことにした。

西鶴は初婚らしいが、離婚暦のある、しかも俺というコブがついていても一向に構わないらしい。よほど女性経験が少ないのか、それとも何か性格に欠陥があって今まで結婚できなかったのか、その辺は見極められなかったが、社長という肩書きは母にとったらいい条件だったに違いない。この先の生活を見据えて、こういう結論になったのかもしれない。

本当にこの人と結婚したいのかと、俺は母に視線を向けたが、そんな意図で見つめているとも知らず、母は反射的に笑みを返した。

その笑みを見ていたら、俺が何を言っても変わらないように思えた。何せ母が決めたことなのだから。

とりあえずは、あの狭いアパートから解放されて、そして多少のお金も入ってくる。そう思えば、俺はこれでいいと妥協できた。そのあとは当たり障りなく無難に過ごした。だが何を食べたのか、味はどうだったのか全く思い出せず、食事すらしてないように空腹によく似たむなしさが胃に漂っていた。


しばらくの間、俺は母親とあの狭いアパートで過ごした。住み慣れた土地のはずだったけど、あの街の雰囲気にすっかり慣れていたのか、母の再婚話のせいなのか落ち着かない。母は俺が反対しなかったことで、今頃、西鶴がいる会社でうきうきと働いていることだろう。俺は何もすることなく複雑な気分の中、ひとりでアパートにいた。

クリスマスが終わると、世間は正月の準備で忙しそうだ。こんな街の商店街や駅前のスーパーでも年末セールが催されて人が集まってきている。小遣いをもらって懐が暖かい俺も、気晴らしに買い物でもしようと店が集まる賑やかな場所に出てみた。惨めったらしいこの街が本来の自分の住むべきところなのに、伯母の家に住んでいるだけでなぜか蔑むように見つめてしまう。少し高飛車な気分になったのは、今までの自分とは違うんだと実感したかったのかもしれない。

日が短いこの時期は、午後を過ぎるとすぐに夕方がやってくる。外でしばらく過ごしていると、あっという間に日が傾き始め、気温が徐々に下がっていくのを感じた。冷たい風が肌に触れるとぶるっと震え、寒々とした空気に白い息が混じり出した。暗くなる前に帰るつもりでいたが、まだ少しの余裕がありそうだったので、俺は古本屋を目指して歩いていた。欲しい本が安く売っていたらいいのにと、それに気を取られていたため、最悪な展開を考えていなかった。考えてみれば今は冬休み。それがどういうことになるか想像できたはず。特に知ってる奴がたくさんいるこの街では気をつけるべきだった。

多くの人が行き交う繁華街の通りにあるゲームセンターの前。ここを通り過ぎれば目的地はすぐ近くのはずだった。しかし柄悪くたむろしている奴らと店先でばったり出くわしてしまった。ヤバイと思ったときには遅かった。お互い目が合ってしばらく逸らせないでいる。その顔を見て、俺の心臓が大きく動く。忘れもしない――そこにいたのは矢口だった。

「芹藤、お前生きてたのか」

俺のことなど無視すればいいものを、そいつらはおもしろいものを見つけたかのような顔をして近づいてくる。転校して今では全く関係ないはずなのに、あたかも俺に力加減を見せつけようと威張っていた。

俺はあの頃を思い出して吐きそうになってくる。俺が無視して去ろうとすると、それが気に障ったのか鼻息を荒くして追いかけてきた。

「お前、相変わらず生意気なんだよ。学校まで変えて逃げやがって、この卑怯者」

何が卑怯者なのだろう。自分勝手な言い分で全てを俺のせいにして、理不尽に大勢で暴力を振るうくせに、なぜ俺のほうが卑怯者呼ばわりなのか。俺は我慢できなくなった。

無視してやり過ごせばよかったのに、火に油を注いでしまった。

「卑怯者はそっちだろ。何もしてないのに、大勢で殴ってくるんだから」

「何だと」

こいつらに正論は通じない。相手に図星を突かれて腹を立て、声だけで凄みをつけて脅してくる。こういう奴はいつも暴力に身を任す。自分が上であることや力を誇示したいために、悪ぶって弱いものを征服したがる。

たしかに俺は一度逃げてしまったかもしれない。でも、俺の中で埋まっていたあのしこりが、このとき掘り起こされてどんどん膨れ上がっていった。

悔しくて、ただ我慢するだけしかなかったあの頃の俺を変えたくて、俺も負けずに言ってしまった。

「勉強もろくにしないくせに、成績も悪い底辺の人間が偉そうにするんじゃねぇよ」

そう言うと、あいつらは激昂《げっこう》した。

「このゲロ野郎、調子に乗りやがって」

こいつらは、同じことしか言えないのだろうか。そう呆れながらも、今回は俺だって負けていられない。俺の気がこんなに大きくなったのも、自分の知らないところで母の再婚が決まって気に入らなかったことも影響していた。もう周りに流されるだけの生き方は嫌だった。自分の力でこの状況を打破したい。

たとえ束になってかかってこられようとも、俺はもうあのときの自分じゃないことを証明したかった。俺は辺りに武器として使えるものはないか見回した。

ひとりが俺の体を取り押さえようと走ってきたが、俺はそばにあった自転車を倒して道を塞ぎ、走り出した。俺は人と人の間をすり抜け、手当たり次第に倒せる障害物は倒していく。そのたびに、店の人や通行人に怒鳴られたけど、気にしてられなかった。

もっとほかに役に立つ武器はないかと走り回る。追いかけてくる奴らは「逃げるなんて卑怯だぞ」とわめいていた。だから卑怯という意味がわかって言っているのかと、辞書を投げたくなる。卑怯者はお前たちのほうだ。俺は被害者だ。

そんなとき、前から自転車がやってくる。急ブレーキの金属音が耳障りに響いたが、勢いの止まらない自転車に俺は避けきれず軽くぶつかりよろけてしまう。あっと思ったときにはバランスを崩して地面に倒れ込んでいた。できるだけ素早く立ち上がったが、矢口に追いつかれ服を掴まれてしまい、離せと抵抗しているうちに、ほかの奴らもとうとう俺に追いついてしまった。

走ったせいで息が上がっており、すぐには殴りかかってこようとはしなかったが、捕まえたことで自分たちが有利になったと安心したのか、ニヤリと笑みを浮かべた。人目を気にして、商店街の路地に俺を引きずり込んだ。俺はまた殴られるだろう。どう切り抜けるか思案していたら、ある手品のことを思い出す。俺はすかさずチノパンのポケットに手を突っ込んだ。

「何だよ、ナイフでも出すつもりかよ」

相手は警戒していたが、俺が取り出したものを見て笑い出した。

「お前、鍵なんか取り出してどうするつもりだよ」

俺は鍵を持っていた。母親のアパートの鍵、伯母の家の鍵。それで十分だった。俺はそれを右手の指の間にふたつ挟み込む。そして拳をつくって、相手に見せつけてやった。

ボールを指に挟む手品から咄嗟に思いついたのだ。こんなことに手品を利用するなんて、一瞬葉羽の顔がよぎったが、もう戻れない。

相手にとったら馬鹿なことをしていると思っていたかもしれない。だが、素手で殴るよりは鍵のようなものでも、突起が拳についていればそれは十分凶器になる。そしてそれは期待以上の威力を出したのだった。


あの喧嘩が俺の勝ちだったのかと聞かれれば、俺は首を横に振ることしかできない。あのとき売られた喧嘩を、俺はしっかりと買った。だが数の多さで断然不利であり、俺も取り押さえられて思いっきり殴られた。

しかし、俺が抵抗して矢口を殴ったとき、俺の右の拳には鍵が挟まっていたせいで、それはちょうどあいつの頬を血に染めた。五針縫うくらいの傷を与え、もし殴りどころが悪ければ、俺は矢口を失明させていたかもしれないと母から叱られた。

俺だって口元を切り、顔が思いっきり腫れて痛々しい姿だったのに、そのことよりも警察沙汰となって、補導されてしまったことに母はショックを受けていた。自分の躾が悪かったと嘆き、離婚したことや子育てを放棄した自分に責任があると己を責めていた。

警察の処分は、よくある子供たちの喧嘩とみなされ丸く収められた。俺としては納得がいかない。一番の原因は向こう側にあって、俺はあくまでも被害者なのに。

だが、母は俺に謝れと相手の玄関先で無理やり頭を押さえつけて下げさせた。またここで俺は悔しい思いをする。

お互い悪かったということで、矢口の親も渋々納得して喧嘩両成敗の意向になったが、俺はそのとき、思わず吼《ほ》えてしまった。

「こうなったのも、そっちが悪いんだ。俺が学校を転校することになったのも、そいつに虐められていたからだ。俺は何も悪くない」

しかし、大怪我をしたのは俺じゃなかった。怪我の大きさで善悪が決まってしまい、俺のほうが武器を使ったから卑怯だと返された。

結局はすっきりしない謝罪となり、相手の親は一度は納得したものの、俺の態度でまた怒ってしまった。

それに対して母はひたすら謝罪するばかりだった。なぜそんなに謝らなければならなかったのか。俺には全然理解できなかった。

それから年が明け、俺はまた伯母の家で過ごすことになったが、その年の始まりは最悪だった。

母の再婚話がなくなってしまったのだ。結婚話が流れた理由を知ったとき、腸《はらわた》が煮えくり返った。

俺が怪我を負わせた矢口の父親は、その街でも権力を持った奴だった。俺の母親が近々再婚することを知り、その相手を調べ上げた。そして西鶴の会社が弱小会社だと知ると、その取引先に手を回し、あの社長の結婚相手には不良の息子がいるからそんなところと取引をするのはよくないと噂を流した。俺たちへの嫌がらせだ。

それはすぐに西鶴の耳に入り、どうにかして取引を続けてもらおうとしたがどうしようもなく、やむなく母との結婚を破棄することにしたのだった。

俺はこの結婚には表向きは賛成のフリをしていても、本心はたしかに乗り気ではなかった。

しかしこんな結果になってしまい、婚約破棄だけじゃなく母もその会社にいられなくなり、事実上の解雇となったことは悔しすぎる。

なぜ西鶴は母を守ろうとしなかったのか。一度は結婚を約束した人を簡単に捨てられるなんて、俺は西鶴の仕打ちに憤っていた。母のことを好きじゃなかったのかと殴り込みたい。けれど、そんなことをすれば事態がもっと酷くなるのは火を見るより明らかで、俺は我慢するしかなかった。

母はどんな気持ちでいるのだろう。母のことを思うと胸が苦しくなる。

一体俺はどこまで追い詰められるのだろう。正しいことをしても報われず、なぜ暴力を振るう力を持ったものに征服されなければならないのだろう。自分は悪くないと、母親に訴えたかった。それでも結果がこうなってしまい、訴えてもむなしさが広がるだけだと思うと、俺は何も言えなかった。

母は落胆し、すっかり覇気がなくなった。昔は父としょっちゅう衝突して、喧嘩ばかりしていたのに。

俺が起こした喧嘩よりも、そのように導いてしまった自分のふがいなさを責めて陰でひとり泣いていたと思う。離婚後は、シングルマザーとして頑張っていたけど、やっぱり駄目だったと思ったのかもしれない。決してそのせいではないのに。

俺もこんなことになってどうしていいのかわからない。

権力を持つもの、暴力を振るうものが正義となり跋扈《ばっこ》する世の中がつくづく嫌になって、折角前向きに明るくなろうとしていた俺の心は、また暗く卑屈な性格に逆戻っていった。

どうして俺ばかりこんなに不幸にならなければならないんだろう。一体俺が何をしたというのだろう。

伯母は落胆する俺を慰めようと、いつもにも増して料理の腕を振るってくれるが、それが却って重荷となった。

お世話になっているだけに、伯母の前ではいい子でいなければならない苦しさ。本当は全てを投げ出して発狂したいのに、どこまでも自分を抑え込まないといけない葛藤。俺はただ塞ぎ込むことで自分を殺していた。誰にも自分の心境を話せず、また心の中に抱え込んでいつも薄黒い煙を纏《まと》っている気分だった。

　そんなときでも葉羽は、屈託のない笑顔で俺に接してまだ手品を教え込もうとする。喧嘩したときにできた顔の傷のことを聞かれたが、転んだと答えただけで詳しいことを言わなかった。だから俺に何が起こっているかなんて、葉羽にはわかるはずなかった。それとも葉羽はわざと詳細を訊かないほうがいいと思ったのかもしれない。早く忘れていつもの生活に戻るのを願って、見て見ぬふりをしたとも思える。普通転んだら、手が先に出て顔から落ちることはないのだから、多分わけありの傷だと察してそっとしてくれていたのだろう。

　それを理解していても、俺はあのとき、葉羽が言った言葉をどうしても受け流せなくて、そこで初めて大喧嘩をしてしまった。それが取り返しのつかないことになるなんて——。

　もっと早く葉羽の悩みに気づいていたら、俺はあそこまで葉羽を傷付けることはなかったと思う。それが悔やんでならない。

　俺は自分のことしか考えられない、本当に救いようのない愚か者だった。

第四章　願うサボテン

「悠斗君ってどうして何でもひとりで抱え込んで機嫌が悪くなるの？　もっと気楽になろうよ。人生は楽しいよ」

手からバラの花が現れて、それを箱の中に落とすという手品の練習を葉羽の部屋でしているときだった。俺はそのとき、あからさまに浮かない顔をしていたと思う。

喧嘩して自分だけが悪いことにされ、母の縁談も壊してしまったから気分は滅入っていた。葉羽はそんな俺を元気付けようと構っているに過ぎない。

「ほうら、人生はバラ色にしなくっちゃ」

たまたま葉羽の調子がよく、その手品は手に仕掛けていたトリックと葉羽の演技がうまく作用して、次々と造花の赤いバラが現れた。葉羽は調子に乗って、俺にバラを見せつけて箱に落としていく。実際は落とすふりをしているだけだったが、いつも失敗ばかりするのにこの日に限ってそれらしく様になっていた。

目に飛び込んでくる赤色が急に癪に障ったと同時に、俺は自分の人生が真っ暗な闇の中に閉ざされているようにしか感じられず、イライラして反発してしまう。

「どうしてお説教みたいに指図するんだよ」

「だって、私は師匠だもん。弟子に指図して何が悪いの？」

葉羽はこのとき、俺のことを冗談交じりに軽くあしらった。俺の抱えている問題の深刻さを知らないんだから当たり前だ。それなのに俺は気に障って激しく怒鳴ってしまった。

「いちいちうるさいんだよ！　人の気も知らないで、鬱陶しい！」

「えっ、悠斗君、どうしたの？」

　そこで俺の態度がいつもと違うと感じたのか、葉羽はうろたえていた。吐き捨てるように言った俺の言葉に葉羽が震えている。部屋の温度が急激に下がって何もかも凍りついたようだ。

　葉羽は萎縮して立ちすくむ。俺を見つめる瞳がじわじわと潤い出していたが、泣くまいと必死に耐えているようだった。

　葉羽は何も悪くない、そんなことはわかっている。だけど、苦労を知らない葉羽に人生のことを言われるのは癪だった。俺は思わずそのことを口にする。

「葉羽はお気楽でいいよな。優しい両親が揃って弟も物わかりよくって、最高の家族だよな。住む家も大きくて苦労したことのない金持ちで、本当に世間知らずのお嬢様だ。心の中では貧乏の俺のことをかわいそうとか同情してるんだろ」

　苛立った攻撃的な声。こんなふうに自分の気持ちを葉羽にぶつけてしまうことなんて今までなかった。

「そんなこと思ってないよ……」

　消えゆくような声で葉羽が否定するのもお構いなしに、俺はさらに続ける。

「この先も何も心配することなく、ここでぬくぬくするばかりの生活じゃないか。俺は虐めにあって学校を変えなきゃいけなかったし、今はあの家に世話になってても中学卒業したらここから出て貧乏な暮らしが待っているし、親は離婚したし再婚の話もなくなるし、嫌なことばかり降りかかって苦労の連続だ。本当、人生って不公平だよな」

まるで俺の不幸自慢だ。こんなことを葉羽に言っても仕方がないとわかっていてもそう言わずにはいられなかった。

「どうしてそんなこと言うの？　みんなそれぞれ必死に生きてるじゃない。そんなの比べるほうがおかしいよ」

さっきまで俺の態度に怖がっていた葉羽の口調が急に強くなった。納得できないと俺をキッと睨みつけてくる。

「だから恵まれているからそう言えるのさ。俺みたいに不幸を味わってみろよ。絶対そんなこと軽々しく言えないぜ」

「ううん、私はそうは思わない。私だって悩みはあるし、生きていたらみんな、何かしら悩むことがあって、そしてそれを一生懸命克服しようとするんだよ。それが人生なんじゃないの。どんな環境であれ後悔のないように一生懸命生きることは、みんなに同じように与えられていることだと思う。自分でどう捉えるかで幸せになれると思う」

真剣な眼差し。葉羽は挑むように俺を見つめていた。真っ直ぐな葉羽の言葉に、彼女の顔をまともに見ることができない。それでも、自分の不幸を正当化したくて悪あがきする。

「やっぱり葉羽は、何もわかってないから軽々しく言えるんだ。俺はもう疲れた。手品もやめる。いっそのこと学校もやめてもう働いたほうがいいかもしれない。そしたら母や伯母にも迷惑かけないですむだろうし」

「それはできないよ。中学はまだ義務教育だよ。それに悠斗君は高校に行って大学に行くんだから」

「何でそう決めつけるんだよ」

「だって、悠斗君は将来先生になるんでしょ」

葉羽はそれを言ったあと、はっとした表情をつくった。

「何言ってるんだ？　俺、そんなこと葉羽に言ったことない」

先生になるなんて全く考えたこともなかったから、いきなりそんなことを言われて俺は困惑した。葉羽もそれを口にした自分に戸惑っているのか、目を泳がせている。

「でも、悠斗君は将来先生になるよ」

一度言ってしまうと後には引けないのか、葉羽は言い切った。まるで何かに取り憑かれているみたいだ。

「いい加減にしろよ。適当なことを言うなよ。押しつけられるのはもう嫌なんだ。俺にはこれ以上構わないでくれ」

この部屋から出ていこうと、俺は立ち上がる。そのとき葉羽が背中から俺を抱き締めた。

「悠斗君、待って。話を聞いて」

葉羽の細い腕が力強く俺に絡んだ。背中に感じた葉羽の体温に、体が熱くなる。本当は葉羽に優しくされることを期待していたんだと気がついた瞬間、羞恥心が込み上げた。

「おい、離せよ、いきなり抱きつくなんて気持ち悪いんだよ。お前なんか大嫌いだ!」

俺のその言葉で抱きしめていた葉羽の腕の力が弱まった。俺は無理やり葉羽を振り払い、部屋を飛び出し階段を駆け下りた。葉羽の表情を見ることができなかった。

勢いで葉羽の家から飛び出したけど、ただむなしいだけだ。葉羽は追いかけてこなかった。あんな暴言を吐いてしまったのだから当たり前だ。葉羽も心底俺に愛想が尽きたことだろう。今さら後悔しても遅い。俺は葉羽を傷付けてしまったのだ。

少ししてから葉羽の家を空虚な目で見上げた。葉羽に謝らなくっちゃ。そう思うけれどどうすることもできずに、とぼとぼと目の前の伯母の家に戻っていった。

また振り出しに戻ってしまった。葉羽はいつも俺を理解して俺のそばにいてくれていたというのに。葉羽といたら、俺は変われるんじゃないかとさえ思えた。それなのに俺は、やっぱり自分のことばかり主張するだけで、葉羽に八つ当たってしまった。本当はもっと、葉羽のことを大事にしたいのに。

その晩は、自分のしでかしたことがフラッシュバックして苦しくなり、眠れなかった。

それに葉羽が言った『将来先生になるよ』という言葉が不思議でならなかった。一体どうしてあんなことを言ったのだろう。まだ将来についてなんか考えてないし、何になりたいのか自分でも決めたことなんてない。勉強だけは義務でやってきたけれど、自分が先生になりたいなんて思ってもみなかった。

ときどき、兜の宿題を手伝ってはわからないところを教えることはあった。葉羽はそれを見ていたから、あんなことを言ったのだろうか。教師という職業について、俺はしばらく思いを巡らせる。

自分がもし教師になったとしたら、虐めは絶対にしてはいけない悪いことだと生徒たちに教えてやりたい。そして、俺のような境遇の生徒がいたら、悩みをしっかり聞いてあげて、将来立派な道に進めるように指導してやりたい。俺がしてほしかったことをしてやるのが、自分にとって理想の教師だった。

しかしそんなことを考えていても俺の気は紛れない。葉羽に言ってしまった言葉の数々を思い出しては罪の意識に苛まれた。

葉羽と喧嘩して気まずいまま、時が過ぎ去っていく。お互いの住んでいる距離は目と鼻の先でありながら、ふたりの間には埋められない大きな溝ができてしまった。

葉羽は何を思って過ごしているのだろう。俺のほうから謝らなくてはいけないのに、葉羽を傷付け失望させてしまった。この期に及んで、どの面下げて会いにいけるだろうか。時が経てば経つほど、ますます会いづらくなって、結局何もしないままになってしまった。

その間にそれぞれの時間が流れ、俺は中学三年となった。この先の進路のことが絶えず話題となっていた。

中高一貫校の私立に通う葉羽は、この時期何も心配することなどないのだろう。そう考えると俺はますます葉羽に会いにいけなくなる。自分の生活と葉羽の生活を比べると、俺はどんどん卑屈になっていくようだ。

葉羽には何の罪もないのに、会ったらきっとまた気持ちをぶつけてしまう。やっぱり当分会うべきじゃないと俺は葉羽を極力避けてしまった。いや、それはただの言い訳で、俺はただ怖くて逃げていただけなのかもしれない。本当は葉羽に会って謝りたいし、いつものように俺に笑いかけてほしい。けれど、今回ばかりは元に戻れるか自信がなかった。

俺が壊した母の恋もそれと同じで、親子なのにどこかよそよそしい距離があった。母はあれから表面的には落ち着いたように見えるが、心の中は簡単に割り切れるものではないと思う。

でも母は強かった。すぐさま仕事を探し、運よく採用された新しい就職先で必死に働いている。何かをすることで気持ちを晴らしているようだった。西鶴の話は一切せず、というより、無理にどこかへ押し込んで忘れようと必死になっている。まだあとを引いているのが感じられ、母が痛々しく見えてしまう。

そんな母のことを気にかけると、この先、高校に通うべきなのか本気で悩み出した。まずは担任に相談してみたが、それをそっくりそのまま俺の伯母にも伝えるから、伯母は心配して伯父と一緒になっていろいろと言ってきた。

「高校には絶対に行きなさい」

伯父がきっぱりと言い切った。

「そうよ、淑子のことは心配しないでいいのよ。高校もここから通えばいいし、悠斗ちゃんのような子が、高校で学ばなくてどうするの」

きっと学校の先生もかなり深刻に捉えて、伯父と伯母に訴えたのだろう。俺の成績は学年でも常にトップだったから、それが高校に行かないのは何か家庭で問題があると思ったに違いない。

「もしかして、私たちと一緒に暮らすのが辛かったのか」

「先生も虐待を疑っていたのよ。『家庭で何かありましたか』、なんて言うからびっくりしてね」

伯父も伯母も自分たちに責任があるように言われたから、たまったもんじゃなかっただろう。ふたりとも必死で、高校に行くと言い切るまで俺に辛抱強く説得するから、責められているように感じた。

母も伯母から知らされてすぐに駆けつけてくる。何を言われるのかと思ったら、来て早々いきなり怒鳴られた。

「高校くらい、行かせられるに決まってるでしょ。何、その態度。もしかしてあてつけなの？　私に恨みでもあるの！」

「違う、その逆なんだ」と言いたかったが、もしそう言ったならきっとまた違う意味で怒り出すに違いない。

「そこまで情けをかけてもらうほど落ちぶれてなんかないわよ」

こう返されるのは目に見えている。母は、自分の思うようにならないことがあると怒鳴り出す。いわゆるヒステリーだ。だからあの気の短い父親とは、性格の面でも合っていなかった。

これだけ騒ぎ立てられてしまうと疲れてくる。意地を張り続けても何の得もないので、最後は高校に行くと首を縦に振った。それが一番のいい解決方法だった。

それにたかが中学を出たくらいで働けるところなんてないに等しい。一時の意地張りで人生を決めかねても誰も得をしないのなら、俺が取る道はひとつしかない。高校に行くこと。

俺の成績なら高校はいいところに行けると担任から太鼓判をもらい、進路はあっさりと決まってしまった。それでも気を許すなと最後に喝を入れられたが、これでひとつの問題は片付いた。

あとは葉羽に言ってしまった暴言を謝りたい。でもそのきっかけがなかなか掴めない。結局葉羽と会うことができないまま時間は流れ去っていった。


そしてある初夏の夜のこと。救急車のサイレンの音が、遠くからどんどん近付いてきていた。何だか胸騒ぎがして、俺の不安を掻き立てる。その音が最大限にうるさく聞こえたとき、自分の家の前でピタッと止まったからびっくりした。

リビングでくつろいでいた俺も伯父も伯母も何が起こったか気になって、顔を見合わせ外を見に行く。近所の人たちも同じように外に出ていた。

赤い光が目まぐるしく夜の暗闇を駆け巡り、辺りを憂虞《ゆうぐ》させている。救急車が停まっているのは、葉羽の家の前だった。

「どういうことだ？　何で葉羽の家に救急車が停まってるんだ」

俺は、心細くなって伯母と伯父の顔を見る。

伯父が救急車に近づいたそのとき、担架に乗せられた葉羽が救急隊員に運ばれて家から出てきた。口元に酸素マスクがつけられ、意識があるのかさえわからないほどにぐったりとしていた。そのそばで早苗さんがうろたえている。

葉羽が救急車に乗せられると、父親も一緒に乗り込んだ。その後、救急車はけたたましいサイレンを鳴り響かせて走り去っていった。

そのあと伯父は、早苗さんの元へ行き、状況を聞いていた。早苗さんも混乱しているのか、伯父が彼女の肩に手を置いて落ち着かせようとしている。その隣では、兜が早苗さんの服のたもとをしっかりと握り、うつろな目をして無表情に立っていた。その姿が俺を余計に不安にさせる。

早苗さんは、迷惑をかけたと集まっていた人々に頭を下げて謝り、兜を引っ張って家の中に入っていった。これからいろいろと準備して病院に行くつもりなのだろう。

俺は何もできず、ただ呆然とその様子を見ていた。葉羽が担架で運ばれていた姿を思い出す。体の震えが止まらなかった。葉羽とこのまま会えなくなってしまうような、そんな気になる。喧嘩して『大嫌いだ』と言ったまま謝れなかったことが、俺に重く圧しかかっていた。

伯父が深いため息をつきながら戻ってきたとき、「葉羽は大丈夫なの？」とすかさず聞いた。けれど伯父は俺が欲しい言葉を言わない。

「とにかく、中に入ろう」

伯父も状況がよくわかっていないようだ。家の中に入って居間のソファーに座ったとき、腕を組んで考え込んでいた。

「あなた、一体何を聞いたの？」

伯母も気になるのか、痺れを切らして急かす。

「何でも血がどうのこうので、葉羽ちゃん急に倒れたそうなんだ」

「それって、貧血ってこと？」

俺も口を挟む。

「まあ、そうなるのかな。でもあの慌てぶりは何ていうのか、かなり深刻な問題を抱えているように見えてな……」

「でも貧血でしょ。女の人にはよくあることなんでしょ」

まるで自分に言いきかせるように俺は言った。大したことないと思いたかった。

「そうかもしれないが、あの様子では……」

伯父は歯切れ悪くそう言った。何かとてつもなく悪い予感がする。

そしてしばらくしてから家のインターホンが鳴った。伯母が対応したが、俺も気になって玄関先を覗くと、そこには兜を連れた早苗さんがやつれた姿で立っていた。申し訳なさそうに何かを伯母に伝えている。

「もちろん大丈夫よ。兜ちゃんのことは心配いらないから」

伯母がそう言うと、早苗さんは頭を下げながら荷物が入ったボストンバッグを伯母に渡していた。兜を今晩預かってほしいと頼みに来たようだ。

病院に行くため、夜遅くなってくると兜には負担がかかり、ひとりで留守番させるにはまだ早すぎるからということだった。伯母はすぐに承諾して、少しでも負担を軽くするように明るく引き受けていた。

兜はやっぱりまだ不安そうな表情をしている。俺が手招きしてやると、兜は母親と伯母の顔を交互に見てから家に上がった。

「それじゃお願いします。本当にご迷惑おかけしてすみません」

「全然、気にしなくていいから、兜ちゃんのことは私たちに任せて、とにかく安心して出かけてちょうだいね」

伯母は早苗さんを励まそうと笑顔をつくった。

早苗さんは気を張り詰め踏ん張ってはいるが、少し突いたら簡単に崩れそうだ。俺も心配で、去ろうとしていた早苗さんに咄嗟に声をかけた。

「あの、葉羽は大丈夫なんですか」

早苗さんは、精一杯の笑みを俺に向けて気を遣ってくれた。

「ええ、大丈夫よ。悠斗君、心配してくれてありがとう」

「その、戻ってきたら、必ず会いに行くって伝えてくれませんか。それとあの、謝りたいって……」

俺がもごもごと語尾を濁すと、気持ちを察してくれたのか早苗さんは優しく言ってくれた。

「わかったわ。葉羽に会ったらすぐに伝えておく。葉羽もきっと喜ぶと思うわ。それじゃ、悠斗君、兜をよろしくお願いね。兜、いい子にしているのよ」

「わかった」

兜は声を震わせながらも気丈に振る舞っていた。

早苗さんはもう一度頭を下げる。そして俺たちに見送られながら静かにドアを閉めて行ってしまった。

伯母は玄関の戸締まりをし、預かった兜のバッグを持って奥に引っ込んでいく。俺がしばらく廊下で突っ立ったままでいると、兜が服の裾を引っ張ってきた。

「前もこんな調子だったの。お姉ちゃんまた我慢してこんなになっちゃった」

前回と同じように入院したから、また元気になって戻ってくることを言いたかったらしい。不安な俺の表情を読み取ってか、「大丈夫だよ」と、一生懸命俺を慰めようとしてくれた。突然姉が倒れて不安なはずなのに、俺よりも小さな兜のほうがしっかりしている。

俺は兜の頭をぐしゃっと撫で回した。そんなことわかっている。小さいくせに気を遣うんじゃない。そういう気持ちを含めた俺なりの感謝だった。兜もそれを感じ取ったのか、無理やり目を細めてくしゃりと笑った。

「さて、兜ちゃんの寝るところ用意しなくっちゃ。さあ誰と寝る？　おばちゃんがいい？　それとも悠斗お兄ちゃんかな？」

奥から伯母が話しかけてくる。

「お兄ちゃん！」

元気のいい兜の声で、この場がふっと明るくなる。お陰で俺も少し気が紛れた。

葉羽はまた少しだけ入院をして、そしてすぐに戻ってくる。そのとき、俺は全力で謝らなくっちゃ。

運ばれていく葉羽を見たとき、正直、俺は恐怖で体がすくんだ。あのとき、どれだけ俺が葉羽のことを大切に思っていたのか鞭を打たれるように気がついた。

葉羽に酷いことを言ってしまったけど、葉羽は人よりも体が弱く、いつ倒れるかわからない恐怖を抱えていたんだ。

そんなことも汲み取れずに、俺は自分のことしか考えていなかった。今度こそきっちりと謝って、そして自分の気持ちを正直に言おう。俺は、本当は葉羽が好きなんだって。だからいつも甘えてしまうんだって。構ってほしいから、わざと気を引くようなことをしてしまったんだって。意地を張ってしまうのはそれだけ葉羽のことが好きで、その気持ちを悟られるのが恥ずかしかったんだって！

もうプライドなんて気にしている場合じゃない。人はいつも何かを失いそうになってから大切なことに気がつく。それが手遅れになってからでは遅すぎる。そうならないためにも俺は素直になって、洗いざらい自分の気持ちを葉羽に伝えないと。

もう自分勝手のままではいられない。葉羽への思いがどんどん募って、俺の心は熱くなっていた。

俺はその晩、葉羽のことを考えながらベッドに入った。部屋にはもう一組布団を敷いて、そこに兜が横になっている。電気を消した暗い部屋で、兜は何度も寝返りをうっているようだった。

「兜、寝られないのか？」

「うん、ちょっとね。ねぇ、お兄ちゃん、お姉ちゃんは〝エムデス〟だけど治るよね」

「Mです？　ああ、またマゾの話か。そうだな。あれは治るというより癖というようなものだから……」

俺は答えに困ってしまう。

「お姉ちゃん、僕がエムデスなんて言ったから、一時かなり落ち込んじゃって大変だった」

「そういえば何か塞ぎ込んでいるときもあったな。そっか、そんなこと言われてやっぱりショックだったのか。だけど、一体誰がそんなこと最初に言ったんだ？」

「お姉ちゃんのお医者さん」

「医者？」

「うん、お医者さんがお父さんとお母さんにそう言っていたのを、僕たまたま聞いちゃったんだ」

俺は兜の話に急に違和感を覚えた。〝エムデス〟という言葉が、重い響きとなって俺を不安がらせる。俺はもしかして、大きな思い違いをしているのではないだろうか。

次第に兜は眠りに落ちていった。スースーと寝息を立ててすっかり眠り込んでいる。

しかし、俺はどうしても眠れなかった。じっとしてれば眠たくなるかと思ったが、どうしても何度も寝返りをうってしまって余計に目が冴えてくる。兜が言った言葉がどうも気になって、俺の中で膨れ上がってしまった。

とうとう俺は我慢できず、兜を起こさないようにそっとベッドを離れ、コンピューターのある伯父の書斎へ向かった。調べ物があるときは遠慮なく使っていいと言われているので、インターネットがしたいときはここにときどき来ている。

みんな、寝静まった夜、息を潜めて俺はコンピューターの電源を入れた。立ち上がる時間がもどかしく気が焦る。俺は革張りの椅子に腰をかけ、暗闇の中コンピューターから発せられる青白い光に照らされていた。

やっと起動したとき、検索サイトを開いてそこに「エムデス」と打ち込んでみた。いろいろと同じ名前のものが検索に引っかかったが、それらは店の名だったり、組織名だったり、どれも病気の名前ではなかった。

そこに「血」と付け足してみた。それでも自分が思うような情報は引っかからなかった。やっぱりマゾの意味で言っただけなのだろうか。

次にアルファベットに変換してみた。エムはそのまま〝M〟として、デスは頭文字だけとって〝DS〟としてみた。〝MDS〟と打ち、そこに「血」とくっつけて検索したときだった。俺は出てきた結果に一瞬で全身が凍ってしまった。

「う、嘘だろ」

俺は何度もそう呟いて、何かの間違いであってほしいと、コンピューターの画面を震えながら見ていた。

ＭＤＳ（myelodysplastic　syndromes）
骨髄《こつずい》異形成《いけいせい》症候群《しょうこうぐん》
骨髄機能の異常のために造血障害を起こす病気。

これだけ見れば何の病気かわからなかったが、血液癌という文字を見て、目の前が真っ暗になった。詳しく知るのが怖いのに俺の手は止まらず、いろんなページをクリックして目を見開いて読んでいた。俺がどうしても知りたかったのは、この病気が完治するかどうかということだった。

ＭＤＳにもいろいろと分類され、軽度や重度と進行具合に違いがあるようだった。そして合併症もあり、そうなると急性白血病に移行するとも書かれている。

その病名も恐ろしく、俺の心にずしりと響いてくる。聞きなれない言葉の羅列が、より一層重い病気に感じ、どうすれば治るのかわからなくて途方にくれた。

造血幹細胞《ぞうけつかんさいぼう》移植《いしょく》をしたら完治したという情報を見つけると、ドナーさえ見つかれば助かる病気にも思えたが、そのあと、生存率の割合が目に入り、思わしくない結果に驚く。読めば読むほどこの病気の治療が困難なものに思えて絶望を感じていた。

俺が知りたい情報はたったひとつ――完治。それをはっきり見たかった。

闇雲にインターネットの情報を集めていても、調べれば調べるほど情報が氾濫して、欲しい言葉が見つけられない。そしてそれが、この病気が治らないと言われているようで、泣きたくなってくる。

葉羽の両親のあの慌てぶりを思い出すとどうしても悪い方向に考えてしまって、俺はその晩、全く眠ることができなかった。それでも椅子に腰かけぼうっとしていると、いつの間にか船をこぐようにうつらうつらしてくる。

寝ているのか起きているのかわからない夢うつつの状態。葉羽があのサボテンを抱えて、俺の前に立っている。サボテンの花は咲いているのかわからない。

「葉羽！」

叫んで葉羽の元に駆け出そうとしたとき、はっと目が覚めた。夜はすでに明けていた。

朝、伯父が書斎にいる俺を見つけて驚く。

「一晩中ここにいたのかい？」

俺が頷くと、伯父の鼻から呆れたように息が抜けた。怒られるかと思ったが、言葉よりも先にまず伯父の手が優しく俺の肩に触れた。

「大丈夫さ、きっと葉羽ちゃんはよくなるよ」

そんなありきたりの慰めの言葉でも、ないよりはましだった。沈んでいた気持ちが少し軽くなる。

その日は寝不足で朝から疲労を感じていた。学校にも行きたいと思えず、それよりも葉羽のいる病院に飛んで行きたい。伯父と伯母にそのように話せば、難しい顔を俺に向けた。

「悠斗ちゃんの気持ちもわかるけど、あちらもきっと今は混乱して大変だと思う。だから関係ない私たちは、落ち着くまで遠慮すべきよ」

「でも、伯母さん、兜が葉羽に会いたいと思っているかもしれないじゃないですか。兜は身内でしょ。だったら俺が病院に連れて行けるし」

俺は何とか理由をつくって食い下がる。

「だけど、早苗さんからは落ち着くまで預かってほしいと言われたし、いくら兜ちゃんが身内でも、向こうから連絡があるまで待つのが礼儀だと思うわ」

「そうだよ。あちらの親御さんだって心配で仕方ないんだよ。そんなときに悠斗が現れたら、気を遣うし、余計にしんどくなると思うんだ」

伯父まで難色を示す。けれど俺は、いても立ってもいられなかった。

「でも、もし葉羽に何かあったら、俺……」

泣きそうになる俺の気持ちを察したのか、伯父と伯母は困った顔をお互い向けている。それでも自分たちの気持ちは変えず、俺は俺の普段すべきことをしなさい、と言われた。

「さあ、まずは朝食を食べないとね」

伯母はそのあと、朝食の準備に取りかかった。

兜もちょうど起きてきて、目をこすりながらぼんやりしている。

「おはようございます」

きっちりと挨拶する兜の姿勢を見て、俺よりもずっと強いと思った。その兜の態度を見習うように、俺も朝の挨拶を兜に返した。

その日、俺は学校に行っても心そこにあらずで、ずっと落ち着かなかった。周りにMDSのことを聞いてみても、もちろん誰も知らず何も情報は得られなかった。

去年の夏、葉羽の家で焼肉を食べて、そして花火をしたあの夜、俺は兜が言っていた話をマゾの意味として笑い話のように本人に伝えた。そのあと、ずっと家に引きこもってしまったのは、病気の真実を知ってショックを受けたからだったんだ。

すでに薄々何かを感じ取って、違和感を抱いていたのだろう。俺の余計な情報でそれに気がついてしまった。葉羽もきっとMDSのことを調べて、俺と同じように生存率を知ってしまったのだ。

両親は病名を隠して貧血とごまかしていた。でもそれが嘘だとわかったとき、葉羽は腑に落ちたんだと思う。

どんなに隠してもときどき両親の不自然さを感じただろうし、俺ですらふたりの過剰な優しさには違和感を覚えていた。自分の娘の病状を気にして、大げさなほど気丈に振る舞っていたのだろう。

いつか見てしまった早苗さんのため息を思い出す。本当は娘を失ってしまうかもしれない恐怖と闘いながら、必死に耐えていたんだ。俺の母親のように、たまったものを爆発させることもなかった。葉羽は優しい子だからわがままを言うこともないだろうけど、両親はそんな我が子を必死で守ろうと、神経を高ぶらせて不安にさせないようにしていたに違いない。

貧血で週に一度点滴を打っていたと言っていたが、この病気の治療だったのだろう。今思えば車での送り迎えも、できるだけ葉羽の体の負担にならないように配慮してのことだった。お嬢様扱いされていたと思っていたのは両親の心配と苦労がそうさせていただけで、葉羽は普通の体じゃなかったからだった。毎日、いつ発症するかわからないという不安を抱えて、あの家族は必死に暮らしていたのだ。

俺が葉羽を傷付けたあの日、彼女は人生について語っていた。その言葉が今さら重く感じる。

『どんな環境であれ後悔のないように一生懸命生きることは、みんなに同じように与えられていることだと思う。自分でどう捉えるかで幸せになれると思う』

葉羽は悩んだ末に、自分の病気と戦う決意をした。その上で、俺にこう言ってくれたんだ。

それなのに俺は、葉羽は何もわかってないとただ怒りをぶつけるだけだった。しかも、『大嫌いだ』なんて、思ってもないことを何で言ってしまったのだろう。葉羽のほうが俺よりもずっと辛い立場にいた。病気に蝕まれた弱い体で生きようとし、俺の前では笑顔まで見せていたというのに。

それなのに、俺は――。

俺は大馬鹿者だ。すぐに愚痴を言って卑屈になって、感情をやけくそにさらけ出して本当にどうしようもない。悔やんでも、悔やんでも、悔やみきれない。早く葉羽に謝りたくてたまらなかった。

何をするにも葉羽のことが心配で、やっとの思いで学校から帰ってきたら兜の姿が見えなくて不安に駆られた。

「兜はどうしたの？」

「早苗さんが迎えに来たの」

伯母は浮かない顔をしていた。

「えっ、葉羽に何かあったの」

嫌な予感がする。

「大丈夫だとは言ってたけど、詳しいことまでは聞いてないわ」

伯母の心配している表情から、いい状態とは言えなさそうだ。

「それでどこの病院に運ばれたの？」

「言えば、悠斗ちゃんそこへ行くつもりでしょ。やめときなさい。邪魔になるだけだから」

「伯母さん！　俺、心配なんだよ。顔を見るだけだから。見たらすぐに帰ってくる。だから……」

俺の必死の頼みに、何を言っても無駄だと悟ったのか、伯母はため息をつきながら病院の名を口にした。俺は小遣いをかき集め、そのまますぐに家を飛び出した。

伯母から聞いた病院は街のはずれにあった。電車だと乗り換えがあるからかなり時間がかかる。俺はタクシーを捕まえた。無我夢中で、自分の行動が正しいのか間違っているのかわからない。ただ葉羽が無事であることを確認したい一身で病院に向かっていた。

病院に着いたとき、受付に走って葉羽の名前を告げた。その人は無表情に部屋番号を口に出す。それを聞いたとたん、俺は礼もそこそこに病室めがけて走り出す。

「あっ、君、ちょ、ちょっと待って！」

受付の人が慌てて呼び止める声がしたが、俺は部屋に行ってはいけないと言われるのが怖くて振り切った。

だが病室に着いたとき、そこに葉羽はいなかった。間違えたのかと思い何度も番号を確かめ、そばを通った看護師に聞いてみた。

「ここにいた患者さん？　私は担当してなかったのでわからないけど、ちょっと待ってくれる」

待っている時間が永遠のようにも感じられた。

看護師が戻ってくる。俺は看護師の話を聞きながら頭が真っ白になった。足が震えている。まるで暗い穴の中に落とされたみたいにふらついて、俺は廊下に備え付けてあった長椅子に座り込んだ。


あの頃の俺は傷つきやすく、すぐ卑屈になって不機嫌さを露骨に表していた。被害者面して周りをただ羨むだけで、悪いのは他人だと決めつけていた。うまくいかないと、どうしても八つ当たりして文句ばかり垂れる。

いくら離婚の話や虐めがあったとはいえ、そんな甘えが許されないくらい俺は最低だったと思う。

たしかに運は悪かったかもしれない。でももう少し冷静になって矢口たちと話し合って誤解を解くことも、先生に自ら相談をすることもできたはずだ。お金がなくても、お金では手に入らない幸せがたくさんあることも気付けたはずだ。なぜ、そんな大切なことに気がつかなかったのだろう。

結局は、自分の不遜な態度のせいで、全て悪い方向に引き寄せられていたのかもしれない。今さらになってそう思える。

あの頃の自分を振り返れば、決して悪いことばかりではなかった。むしろ、俺を助けてくれる人に恵まれて俺は幸せの中にいたんだ。伯父や伯母、葉羽やその家族、一度しか会ってないけど、楽しい手品を見せてくれたサボテン爺さんも。

もっと早くに気がついていたら、人との接し方を間違えることなく、虐めに遭うこともなかったのかもしれない。

俺はかけ違えたボタンが正しいと思い込み、それがずっとズレていることに気がつかなかった。それを見た奴に馬鹿にされても自分を振り返らず、相手に非があると決めてかかった。やがてそれはもっと大きくズレていってどんどん歪みを生じていく。その時点でおかしいことに気がついていたはずなのに、周りのせいにしてあとに引けなくなっていた。柔軟に違う角度から見てさえいれば——俺はそのズレを正そうと思えば正せたはずだ。

中学生だった頃から何年もの年月が経ち、俺はもうすぐ三十歳になろうとしている。葉羽が言った通り俺は教師になっていた。

教師になってまだまだ数年の新米だが、俺はこの仕事が大好きだった。教師になることを気づかせてくれた葉羽に、今は感謝の気持ちでいっぱいだ。

俺は葉羽の言葉通りに教師の道を一生懸命目指した。葉羽が言った以上、そうしなければならない使命と絶対に自分が教師になるという運命を感じていた。そう思うのも、あれは葉羽が起こした奇跡のひとつだったからだ。

そして、葉羽があのとき『将来先生になるよ』と言ってなぜ俺に手品を教えたのか、それが教師になってからわかった。今では、あのときの葉羽の手品のレッスンがとてもありがたく思える。

まだ教師になったばかりの頃、試行錯誤に工夫を凝らし自分なりに子供たちと向き合っていた。

そんなとき、葉羽が教えてくれた手品は授業でも大いに役立った。子供たちは手品を利用した授業をとても楽しんでくれた。

「さあ、三個の玉と五個の玉をこの空箱の中でかけ合わせたら、何個になるかな」

俺が問題を出すと、教室はざわざわと騒がしくなる。

「先生、その玉の数じゃ足すことはできても、かけ合わせることはできないと思います」

少し生意気な子供が、そう疑問を投げかけてくる。俺は意味ありげに笑い、クラス全員の顔を見渡した。

「それじゃ三かける五はいくつ？　みんなで、せーの」

「十五！」

「はい、よくできました。そしたらちゃんと十五個入っているかな？」

「八個しか入ってないと思います」

「そうかな？」

そして俺は箱を開け、中からひとつずつ玉を教壇の前に並べていった。

「ひとつ、ふたつ、みっつ……」と数えて、八個以上のときになったときも続けて

「ここのつ、とお、十一、十二、十三、十四、十五！」と並べていった。

「ほーら十五個入っていただろ」

「えー、どうして？」

「箱は最初、空だったのに」

ありえないと口々に言い、びっくりしている子供たちの顔がかわいくて、俺もまた嬉しくなる。

「先生すごい」

「そんなことないよ。先生よりももっとすごい人がいたんだよ。実はその人に手品を教えてもらったんだけど、その人は、奇跡が起こせるんだ」

失敗してもめげずに手品を披露してくれる葉羽の姿が思い出される。あの笑顔が俺は本当に好きだった。

「キセキ？」

「そう、それこそびっくりするくらいの魔法が使えて、できないことを可能にしたんだ」

「ええ？　どんなことなの？」

「悪い魔法にかかって、石になっていた先生の心を元に戻してくれたんだ。負っていた体の傷も治してくれて、それで先生はどんどん元気になったんだよ。ほうら、こんなふうに」

空中に手を上げて、何もないところから花のくす玉をパッと取り出す。そして俺は手首を堂々と掲げた。そこにはもう、かつての傷はない。

「うわ、先生すごい」

「えっ、どうやったの？」

生徒たちが歓声を上げて驚いていた。

「みんなも一生懸命頑張ったら奇跡が起こせるかもしれないよ。だから先生と一緒に楽しく頑張ろう！」

「はーい」

あどけない素直な返事が教室一杯に広がる。

――俺はそのとき、教室の一番後ろで俺の授業を楽しそうに見ていた女の子に笑いかけた。その女の子は、ピンクの花をひとつつけたサボテンの鉢植えを抱え込んでいる。パジャマを着て、髪の毛がしっとりと濡れていた。

いかにもお風呂から出てきましたという姿に、俺はあの日見た満月を思い出す。もう何十年もたつのに、まるで昨日のことのようだ。泣きそうになりながらも、俺は自分のしていることをその女の子にしっかり見せたくて授業を進めた。

俺はその女の子に今の自分を自慢するように、張り切って大きな声でしゃべる。その裏で俺はメッセージを込めていた。これが俺の授業だ。どうだ、子供たちも俺のことを慕っているだろう。堂々とした立派な俺の姿を見てほしい。もうあのときの自分じゃないんだ。その思いを伝えたくて胸が熱く締め付けられる。

懐かしい顔が俺を見守るように見ている。中学生のときの姿のまま葉羽がそこに立っていた。葉羽はサボテンをぎゅっと抱きしめ、涙が溢れそうな瞳で俺に笑顔を見せようとする。

声をかけて駆け寄りたくなったけど、その気持ちをぐっと呑み込んで何事もないふりをして授業を続ける。君のお陰で俺は今、堂々とここに立っているんだ。きっと俺の言いたいことは葉羽には伝わっていると思う。時をかけて俺たちの思いは交わった。

中学生の頃、あの満月の夜の明くる朝に、そわそわと門の前で俺を待っていた葉羽。どんな気持ちでいたのか今ならわかる。全ての辻褄《つじつま》が、このとき、目の前に葉羽が現れたことでパズルのピースを埋めるようにぴったりと合った。

サボテンの花が咲くとき奇跡が起きる――葉羽はそう言っていた。

サボテンの奇跡とは、未来の俺と会うことだった。だから今、時を超えて葉羽は教師になった俺に会いに来てくれたのだ。このときサボテンは二回目の花を咲かせていた。

葉羽の姿を見たとき、俺はもちろんびっくりしたけど、サボテンの花を見て瞬時に何が起こっているか察した。子供たちに葉羽が現れたことを気づかれないように、注意を逸らすのに懸命になった。

葉羽がいつの日からやってきたのかは、すぐわかった。葉羽が自分の病気に気づいて塞ぎ込んでいた頃。俺が葉羽の家に押しかけたあの日だ。そのとき、サボテンを満月の光に浴びせてほしいと早苗さんに伝えてもらったから、葉羽はあの日、素直にそうしたのだろう。

サボテン爺さんが言っていた、サボテンが持つ不思議な力。それはサボテンによってさまざまらしいが、葉羽が手にしたサボテンはタイムスリップの力を発揮した。あの満月の夜にサボテンは花を咲かせ、お風呂上がりの葉羽を未来の俺の元へ送り込んだのだ。

俺の教師になった姿と手品をしているところを見て、葉羽は自分の役割を知ったのだろう。そう思えば、あのときの会話の辻褄が合うし、葉羽が言った言葉の意味も理解できる。

『うーん、うまく言えないんだけど、その奇跡は私の使命みたいなものだったから』

葉羽は未来の俺を見たから、手品を教えようとしてくれたのだ。例え自分が重い病気を抱えていても塞ぎ込んでいる暇はないと、俺の未来のために一生懸命になってくれた。

自分も苦しかったのに、俺のことを第一に思ってくれていた葉羽が愛しくてたまらない。もっと早くにこのことを知っていたかった。そしたら『大嫌い』なんて言葉も吐くことなかったのに。全て俺が悪かった。

あのとき、葉羽は何が起こったか俺に説明しようとしていた。サボテン爺さんの絵の話を持ち出して奇跡に対する俺の反応を見ていた。俺がそれを茶化したものだから、自分の話も信じてもらえないと思って、ちゃんと説明できなかったというわけだ。

それにそのときがくれば、きっと俺も知ることになると思ってときに任せることにしたのだろう。百聞は一見にしかず、実際体験するほうが手っ取り早いということだ。けれど一回目の奇跡はいつ起こったのだろう。それは三回目の奇跡が起こったときに知ることになる。

三回目の奇跡が起こったとき、俺はまた中学生の葉羽に会うことができた。そのときは大人の俺が、あの頃の葉羽に呼び寄せられた。


授業が全て終わったその日、帰りの会を終え、生徒と挨拶をして教室を出た直後だった。廊下に出たはずなのに、そこは薄暗い部屋の中だった。目の前にはベッドがあり、点滴を打たれながら誰かがそこで寝ている。

そのとき、窓際にサボテンの鉢植えが目に入った。そのサボテンはピンクの花を咲かせて月の光に照らされている。ぼやっと光るその姿は優しく、まるで微笑んでいるようだった。

俺は今まさに奇跡が起こっていることを実感し、震える足取りでベッドに近寄る。そこには中学生の葉羽が青い顔色で寝ていた。

「葉羽！」

俺が思わず声を出すと、葉羽は目を開けた。

「悠斗……君？」

「ああ、そうだ。俺だ」

葉羽は大人の俺を見ても慌てなかった。まるで俺が来るのを知っていたかのようだ。

「もしかして、サボテンの花が咲いてる？」

「うん、咲いてるよ」

俺がそう言うと、葉羽はニコッと微笑んだ。

「三回目の花が咲いたんだ。これが三回目の奇跡なんだ。大人の悠斗君にまた会えて嬉しい。悠斗君、大人になっても変わってないね。あれから教師の仕事は頑張ってる？」

「もちろんさ。一生懸命頑張ってるよ」

「悠斗君の授業面白そうだもんね。子供たちもすごく楽しそうだったし」

「ああ、葉羽のお陰だよ」

何を言っていいのかわからずただ葉羽を見つめた。いろんなことを言いたいのに、胸が詰まって言葉が出てこない。

「最後に会えてよかった。悠斗君、本当にありがとう」

「馬鹿野郎、そんなふうに言うなよ」

「悠斗君と会えたから、私はやるべき使命を見つけられて、とても充実した日々を送れた。いろいろあったけど、悠斗君と一緒にいて楽しかったな」

　そっと笑顔を見せる葉羽が、滲んで俺の目に映る。

「悠斗君、覚えてる？　師匠の家でサボテンをもらった帰りのこと。あのとき、サボテンの花が突然咲いてね、気がついたら私、中学生の悠斗君を見ていたの。私の目の前で悠斗君、男の子たちに殴られていたの」

　俺ははっとした。葉羽が知らないはずの虐めの話だった。

「えっ、それが一回目の奇跡？」

「そう。最初、あれが何だったのかわからなかったんだけど、悠斗君、とても苦しそうにしていた。だけどあのとき、私、怖くて悠斗君のこと助けてあげられなかった。声をかけるのが精一杯だったけど、悠斗君、すぐに逃げちゃった。ずっとそのことが頭から離れなかった」

　あの苦い思い出の中に、小学生の葉羽がいたなんて。そういえば、俺の名前を呼ぶ声が聞こえた気がする。

　思い起こせば、あのとき、後ろを歩いていたと思った葉羽は突然前を歩いていた。あれは、未来の俺を見て戻ってきたあとだったのか。

　あのあとの葉羽の態度はたしかに変だった。別れ際に『頑張って』と言ってきたのは、これから起こる俺の未来を危惧していたということだった。

「そっか、あのときも俺のこと見ていたのか」

「だから二回目の奇跡が起こったとき、私がすべきことは悠斗君を助けることなんだって思ったんだ。サボテンの奇跡の目的は悠斗君と私を繋げることだったんだと思う。自分の命が短いって知ったけど、悠斗君がそばにいたから希望を捨てずにいられたんだ」

葉羽は満足したように笑みをこぼした。

「でも、俺、あのとき酷いこと言ったし、本当にごめん」

「ううん、私も悠斗君の気持ちを考えずに押し付けがましかったと思う。何も説明しなかった私も悪かったんだ」

葉羽はどこまでも優しかった。それがやるせなくただ切ない。

「葉羽……」

そう名前を呼ぶのも苦しかった。

「これで、何だかすっきりしちゃった。思い残すこともないくらいよ。このサボテンの奇跡に感謝だわ。もう三回の花が咲いちゃったから奇跡はこれで終わったけど、このサボテンは私たちのために頑張ってくれたの。だからこれからは、私の代わりに悠斗君が大切に持っていてくれない？」

「何、辛気臭いこと言ってんだよ」

「悠斗君はこの先の私の未来のこと、もう知ってるんでしょ」

俺は顔を歪ませて、葛藤しながら首を縦に振る。葉羽は俺の気持ちを読み取ってか、吹っ切れたように笑顔を見せた。

「だったら、なおさら、そのサボテンのこと私だと思ってかわいがってほしい」

「葉羽、もうこのサボテンには頼るな。このサボテンだけが奇跡を起こしたって思っているのか？　だったら間違いだ。全ての奇跡は葉羽がいたから起こったんだよ」

葉羽は、慰めなどいらないと首を横に振る。まるで死を覚悟しているようだ。葉羽が窓際のサボテンに視線を移し、俺にそれを取りに行くように示唆した。俺は、葉羽の望むようにサボテンの鉢植えを抱え、再び葉羽に寄り添う。

儚い光を放つ葉羽の命が、彼女を美しい妖精のように見せた。大人になってから、また再び中学生の葉羽に会えたことはとても嬉しかった。このときの葉羽には、もう二度と会えないんだから。

病院のベッドで横たわる辛そうな葉羽の姿を見ていると、いても立ってもいられなくなる。喉の奥で必死にあえぎ、俺は叫んだ。

「葉羽、もう一度奇跡を起こそう！」

「無理だよ。サボテンは三回しか花を咲かせない。そうサボテンが言ってたんだよ。

これがその最後の三回目」

「大丈夫、もう一度、葉羽ならきっと奇跡を起こせる」

「悠斗君も知ってるでしょ、この病気がどういうものか。そしてこの先私がどうなるか」

直接口にするのを避け、葉羽は言葉を濁している。俺もこの先の話など本人にはできなかった。

でもひとつだけ伝えようと、俺は葉羽に顔を近付けてそっとキスをした。俺は、葉羽のことを愛している。

大人になった俺が中学生にキスをするのは少し頂けなかったかもしれない。でも俺の心はこのとき、あの頃のままだった。意地っ張りで素直じゃなかったけど、葉羽がそばにいたときは心が安らいだ。優しい笑顔に気持ちが和んだ。思い出せばいつでも俺はあの日に帰れる気がした。

軽く唇に触れただけのキス。葉羽の青白い頬が、ほんのりとサボテンの花と同じようなピンク色に染まったように見えた。

お互いしばらく見つめ合っていたけど、突然後ろから強い力を感じ、その場から無理やり引き戻された。葉羽がどんどん遠退いてやがて消えていく。気がつけば、俺はサボテンを抱えたままざわつく放課後の教室に立っていた。

まるで夢を見ていたようだ。だが俺は腕の中にしっかりとサボテンの鉢を抱えている。今までのことは夢じゃない。俺は泣きそうになって鼻をぐずつかせた。そこに子供たちが不思議そうな顔をして集まり出した。

「あれ⁉　先生さっき教室から出ていったばかりなのに、何でここにいるんですか？」

「ほんとだ！　いつの間に戻ってきたの？」

大きな声を出して子供たちが騒ぎ、驚きながら俺を見つめている。

「あっ、サボテンだ。何でそんなの持っているんですか？」

込み上げてくる涙をこらえ、俺は子供たちに微笑む――。


子供たちが帰ったあと、静かになった教室の窓の戸締まりを確認する。後ろの棚の上に置いていたサボテンの鉢植えと向かい合った。中学生の葉羽の面影を思い出し、行き場のない気持ちに心がきゅっと疼《うず》く。

「これでよかったのかな」

葉羽と再会した一瞬の出来事にもの悲しくなって、俺はしばらく感傷に浸っていた。

大人になっても、少年だったときの気持ちのまま、葉羽の姿に胸が締め付けられた。

あんなにも小さく、消えゆきそうに繊細だった葉羽。年を重ねてから見た葉羽は、儚く透き通り、触れたら壊れてしまいそうなほどだった。それなのに俺は自分が大人だということも忘れて、葉羽にキスをしてしまった。

いくら年をとっても、あの瞬間だけは葉羽と同じ年の悠斗だと、自分自身、信じてやまなかった。どこかでいつも少年のときの気持ちが存在している。


けれどあのときの俺がもっと素直な中学生でいたら、葉羽を苦しめることなどなかったのに。

焼き肉を一緒に食べたこと、心を通わせて花火をしたこと、手をとりあって毎日手品の練習をしたこと、冷たくあしらってしまったこと、暴言を吐いたこと、いろんなことが頭を巡る。懐かしくて、甘酸っぱく、時にはほろ苦さや恥ずかしさも感じ、胸がきゅんとしてくる。

キスをしたあと、葉羽の儚さに胸が詰まって泣きたくなった。一瞬の逢瀬。それが切なくて身を震わせた。

葉羽のことばかり考えていると、そわそわと落ち着かなかったが、俺は残っていた仕事を片付けて家路についた。まだ夕方なのに外はすっかり日が暮れ暗かった。秋が深まるこの時期、夜になると足が冷え温度が下がっているのが肌に伝わってくる。

二度と戻らない日々。大人になって振り返れば、こうすればよかったと簡単にわかる。でも、結局あのときはあのときの俺だからそうなってしまった。なるべくしてなってしまった日々の生活。あれもまた決して無駄ではなかったのかもしれない。辛さや痛みを知って役に立つことだってあると、大人になるとつくづく思う。

例えそのときは悔しくて腹立たしくてたまらなかったとしても、時間が経てばそれもまた必要なときに起こったことだったと思えるから不思議だった。だから今はそれを教訓に、子供たちのためにいい先生でありたいと思う。こんなふうに思えるようになったのも、全て葉羽のお陰だった。

俺は葉羽のことで頭をいっぱいにしながら、アパートの階段を上っていく。玄関の前に来たとき、サボテンを抱える腕に力が入った。どこかしら緊張している。

過去に戻ることが運命だったにしろ、俺は中学生の女の子に本気になってキスをしてしまった。どんな顔をして妻と向き合えばいいのか。浮気をしたようで罪悪感に苛まれる。何事もないように装えば、何とかごまかせるかもしれない。俺は一呼吸おいてからドアノブに手をかけ、覚悟を決めてドアを開けた。

「ただいま」と普段通りに家の中に入れば、「お帰り」と妻が明るく迎えてくれた。

俺の妻はちょっとした変化に過敏に反応するから、このとき、俺がしたことはばれてしまうのではないかと怖かった。俺の目が泳いでいたのだろう。案の定、俺を見るなり妻の顔色が変わった。

「ん？　何かいつもと違うね」

「えっ、そう？」

俺は必死にごまかすも、妻はじっと俺の顔を見ていた。

「あ、もしかして浮気でもした？」

「そ、そんなことない。絶対ない」

俺はぶんぶんと首を横に強く振る。けれどきっと妻の目にはわざとらしく映っているだろう。

「ええ？　何か怪しいな。その手に持ってるの、何？」

「あっ、こ、これは、その」

「別に隠さなくていいじゃない」

そう言ってサボテンの鉢植えを俺から奪い取ると、懐かしそうにそれを笑顔で眺めた。

「そっか、今日だったんだ」

「そんなにニヤニヤするなよ」

「ねぇ、あのときの私どうだった？　まさかあのことは言ってないよね」

「もちろん」

そう言っても、俺に疑るような目を向けてくる。妻——葉羽は俺をからかって楽しんでいた。本当は自分にキスをしたことを、冷やかしているのだ。

俺はまともに葉羽の顔が見られない。俺にとっては今さっき起こったばかりのことだ。だけど、葉羽にしたら随分《ずいぶん》と昔のことになる。葉羽はあのときからこうなることを知っていて、ずっと俺に隠していた。

葉羽のファーストキスが、三十歳前の俺、即ちおじさんだったということも何だか複雑だ。俺が葉羽と初めてキスしたとき、葉羽はすでに俺とのキスをすませていた。

「葉羽はおじさんにキスされて、これってフェアじゃないよな」

「相手は同じ人なんだからいいじゃない」

「でも……」

俺が拗ねると、葉羽はますます茶化すようにくすっと笑った。

「さてと、お腹すいてるよね。ご飯食べようか」

葉羽と夕食の準備をする。サボテンもテーブルの上に並べてあのときの話を懐かしく語り合った。

葉羽はあれから本当にもう一度奇跡を起こした。それがサボテンに頼らず、自分で起こした真の奇跡だった。病室で横たわっていた葉羽は、たしかに刻々と命を削られていて、あのままでは助からないとまで言われていた。

葉羽は救急車で運ばれたあと、大きな病院に移された。俺が葉羽に会いにいったとき、すでに移動していたのだ。看護師から、葉羽は病状が悪化して大きな病院に移ることになったと聞いて、俺はそれだけで絶望して立っていられなかったのだ。

その日の晩、葉羽の家は誰も帰ってこなくてずっと真っ暗だった。それが何を意味するのか想像して、胸が苦しくなっていった。家では伯父と伯母が心配していたが、俺の気持ちを察してそっとしてくれた。その夜遅く、葉羽を病院に残したまま一家は戻ってきたようだった。

のちに、葉羽はやはりMDSで、命に関わるものだと早苗さんが辛そうに教えてくれた。この病気は高齢に多いらしいが、稀《まれ》に若年者も発症することがあるらしい。ただ、病状によっては完治する方法があり、葉羽の場合、造血幹細胞移植をすれば助かるということだった。

しかし、その葉羽に適合するドナーを探すのが大変で、一番適合の確立が高い弟の兜ですら駄目だった。病院のベッドに横たわる葉羽は助からないと諦めていたが、大人になって呼び出された俺は葉羽が助かることを知っていた。でも大人になった葉羽から、過去に戻ったとき未来のことは何ひとつ自分に言うなと釘を刺されていたのだった。

だから俺はもどかしく、すごく息苦しくて、葉羽は助かるんだって喉まで出かかっていた言葉を必死で抑え込んでいた。葉羽は、ドナーが見つかるという奇跡が起こったのは、絶望の中で必死にもがいたから起こったことだと思っている。少しでも何かの要素が加わったら、ぴったりと行くべきところへたどり着けなかったと。

　俺が何度も励まそうと葉羽の前で手品をしたり、明るく振る舞ったり、葉羽を笑わそうとした努力が彼女の心を勇気付けた。俺が強く支えて奇跡が起こると信じたことが、葉羽の気持ちを変えさせたみたいだった。俺の言葉を信じて諦めなかったから、生きる希望が強くなって病気の進行にも影響したんだろう。

　葉羽は、俺のお陰で奇跡が起こったと今でも話している。俺たちの一生懸命な努力があってこそだったのだと。

　もし、あのとき未来から来た俺が簡単に結果を言っていたら、葉羽は努力を怠って本来迎える未来を変えてしまう結果になったかもしれない。生きるという強い意思があったから、葉羽は自分の未来を勝ち取った。

　ドナーが見つかり移植が決まってから、葉羽はその準備のための苦しい治療に耐えた。移植後も必死に病気と闘い、それは決して楽なものではなかった。やがてその苦労が功を奏して回復に向かい、大人になった俺たちは結婚した。

　混乱がないようにと、あらかじめサボテンの奇跡のことを説明し、中学生の葉羽が俺の授業を見に行くことや、俺を病院に呼び寄せることを話してくれた。俺はまさかと思っていたが、実際授業中に葉羽が現れたときは、驚いて思わず声を上げそうになった。でも種を前もって明かされていたので、慌てることなく葉羽に自分の授業風景を見せたというわけだ。

サボテンが起こした奇跡をまとめると、一回目は中学生の俺が虐めに遭っている最中。二回目は教師になって間もないときの俺の授業中。そして三回目は葉羽が大きな病院に移されたばかりの真夜中に俺が呼び出された、ということだった。

これがこの物語の手品の種明かし。

葉羽が未来の俺と会い、俺たちふたりを繋げた奇跡はサボテンの力のお陰だけど、病気を克服した奇跡は葉羽自身が起こしたことだ。諦めないで、希望を持つという力が奇跡となって葉羽を救った。

葉羽は本当にすごいんだって俺は思う。ときどき披露してくれる手品はやっぱりどこか下手くそだけど。俺の妻となったかわいい葉羽。俺は今、最高に幸せだ。

「だけどさ、最近の葉羽はよく食うよな。太ったんじゃないのか。いくら食欲の秋だからって食いすぎるなよ」

俺がそう言うと、葉羽は食べるのをやめ、突然かしこまった。俺がきょとんとしていると、葉羽は咳払いをする。

「それじゃ、悠斗君にもうひとつの奇跡のこと話しちゃおうかな」

「えっ、何だよ。まだあるのか？」

「うん。ここに」

葉羽は優しく自分のお腹をさすっていた。

「えっ!?」

俺は興奮し、勢いよく立ち上がる。目頭が熱い。嬉しさのあまりみなぎる力を抑えられず、テーブルをバシっと両手で強く叩いてしまった。

その勢いで、食卓の上の茶碗や食器、そしてサボテンの鉢植えがびっくりしたように揺れていた。

エピローグ

驚きと嬉しさが爆発した悠斗の感情。その刺激をまともに受けたサボテンの鉢植えの衝撃は、僕の体にも瞬時に伝わりドクンと心臓が跳ね上がった。

悠斗が興奮して心臓をドキドキさせているのと同じように、僕の心臓もそれに応えるようにドクドクと波打っている。

僕はずっと悠斗と葉羽の物語を見ていた。いや、見せられていたのかもしれない、そのサボテンに。

僕は自分と同じ年頃だった悠斗にときどき嫌気がさしたり、見ていられなかったり、もどかしかったり——と、腹が立ちながらも結局は感情移入していたことに気がついた。

こういう悠斗みたいな奴が僕は嫌いだ。そうはっきり言えるほど、僕は悠斗をじっくり見ていたと思う。

そばにいたらきっと面倒くさくて、すぐに喧嘩になってお互い睨み合っていた。悠斗も僕がそばにいたら、きっと同じような感情を抱いたはずだ。お互いが嫌い。でもそう考えたとき、笑えてくるから不思議だった。

それがおかしく思えたのは、僕は結局、悠斗のことを嫌いになれなかったからだ。最初は、悠斗の不器用な性格がストレートに僕の感情を乱し、自分が映る鏡を見ているようで直視するのが嫌だった。

何で素直じゃないんだ。何でそこで自分が悪いことを潔く認めないんだ。そう思えば思うほど、その言葉が真っ直ぐ僕自身に跳ね返ってくるのが痛くて苦しい。悠斗が直面した困難も、葛藤も、僕の感情とくっついて同じように引っ張られてしまった。

でも悠斗がもがいて必死に出口を見つけようとしていた姿を見たときは、知らず知らずのうちに応援してしまっていた。僕もまたそうであってほしいから。どうしようもなくうまくできないことだらけで、声を張り上げても、例え正論であったとしても、理解されずにその思いが届かなくっても挫折しない悠斗に、僕は『負けるな！』って自分のことのように思っていた。

癖のある嫌な奴かもしれないけども、憎みきれずに放っておけない感情が渦をまく。いくら悠斗のことを嫌いだと思っても、それでは悠斗に似ている自分自身のことも嫌いになってしまう。自分自身を否定し、自分を好きになれなかったら僕は何をやってもきっとうまくいかない。

押さえつけられ反発し、もがいているだけでどうすればいいのか深く考えず、ただ反抗心から自棄《やけ》になって突っ走るだけ。見方を変えていい方向に進もうと思わなければいつまでも成長しない。自分がポジティブにならなければ、ずっとネガティブに支配されたままだ。

植物が育つためには太陽が必要であるように、人もまた光が必要だ。それが心に抱く一条の光——希望のことだと、僕は思う。

悠斗の行動を見ていて、全てが自分と重なった。悠斗が体験することが、自分の身にも起こっているような既視感を味わう。もしかしたら悠斗は僕なんじゃないか。あるいは僕が悠斗なのか。悠斗が心を入れ替えたとき、僕の心にも光が差し込んで堅い殻が割れていった。僕も変わろうとするように。

灰色の雲から差し込む太陽の光。それが僕の求めていたものだと思えるほどぐっと浸透して、すかすかだった体が潤っていく。

光が射し込んだのは悠斗だけじゃない、病気と闘っていた葉羽もそうだ。悠斗のことを理解していた葉羽。悠斗のことなんか放っておけばいいものを、優しく包み込んで精一杯助けようとしていた。

不器用ながらも、自分の持てる力を出し切ってもがいていたふたり。一生懸命な姿は、僕の体にも力を与えてくれた。

やがてふたりは大人になって、過去の自分たちを恥ずかしげに笑い、大切に愛おしむ。そこには体が押し潰されるような絶望も存在している。ふたりで闘ってそれを乗り越えた証として、忘れないでいるようだ。

辛い経験も必要なことだったと、笑って語り合っている。その結果、絵に描いたような幸せがふたりに溢れていた。それを微笑ましいと思うと同時に、ふたりの愛の力強さに心が震えた。これからこのふたりはどうなるのだろう。子供が生まれ、温かい家庭をつくって自分がなりたいと思う親へと変わっていく。

ふたりから生まれてきた子供は幸せになってほしい。いや、ならなくちゃいけない。ずっとこのふたりを見てきたからわかるんだ。あらん限りの愛情をふたりから与えられ、大切に育てられるに違いない。自分のようなわがままな子供ではなく——。

僕がそう思ったとき、僕の心臓が再びドクンと激しく波打った。一体僕は今どこにいるのだろう。

——僕は誰だっけ。

そうだ、僕は交通事故にあって、車に撥ねられ瀕死の状態だった。もうそろそろ、天国からお迎えが来る頃だろうか。それとも地獄か……。まだそれらしいものが来てないということは、僕はかろうじて死んでないということだ。

僕ははっきりと全てを思い出せないまま靄《もや》の中を彷徨っている。慌てるな、順序立てて考えてみよう。僕はなぜ自分の人生を振り返らずに、悠斗と葉羽の物語を見ていたのだろう。あんなのを見せられたら、何ひとつ一生懸命にならないで生きてきたことをとても後悔してしまう。僕は一体今まで何をしてきたのだろうか。

僕の事故のニュースはすでに世間に広まったのだろうか。自ら車に飛び込んだ自殺と言われて、報道されるのだろうか。その理由として虐めがあったと、世間では憶測されるだろうか。でもその証拠は何ひとつ出てこない。それは自分がよく知っている。たしかに僕はクラスから浮いてしまっていた。自分でも虐められていたとはっきり言える。だけど、死人に口なしだから、クラスメートも先生も学校もきっと虐めはなかったと言うだろう。自分たちの保身のために。

僕が死んだことで虐めがあったと万が一学校が認めるなら、それはそれであてつけとしてまだ意味があるように思えるが、このままでは無駄死にだ。だから、僕はこのまま簡単に死にたくない。絶対に、死ぬわけにはいかない。

素直になれずに嫌な奴のままで終わらせたら、父と母を悲しませるだけだ。僕はそんなことをするために生まれてきた子供じゃないはずだ。両親にたっぷり愛され、何不自由なく恵まれた環境で育てられてきた。甘やかされて、それに僕自身も甘んじてしまった。それが当たり前だと思っていた。

僕は、僕は……。

僕がまた記憶を取り戻したとき、今までの生活が、苦労の末の上に築かれたものだということに気がついた。

——そうだ、悠斗と葉羽は僕の両親だ。あのとき、幸せそうに食卓を囲んでいた葉羽のお腹にいた子は僕なんだ。ふたりが困難を乗り越えて、命を紡いで愛されてできた子だ。ふたりを見たら、簡単に命なんて落としていいわけがないんだと強く思った。

それに、僕は、自殺をしようと思ったわけじゃない。ただ、危険を顧みず衝動的に行動してしまっただけだ。

だから、だから、もう一度、僕にチャンスを与えてほしい。僕だって諦めない。まだ生にしがみついていたい。こんなことになって、命というものがどれほど大切なものだったかよくわかった。何も残せないまま、死にたくない。

生きているからこそ、意味があるそれまでの歩み。僕が生まれる前からの両親の繋がり。大切な絆の糸が僕にも紡がれている。

もう一度やり直したい。今こそ自分で必死にもがくときだった。暗い海の底から浮かび上がろうと、僕は上へ上へと力の限り泳ぐ。体は疲れ切って息も苦しいけど、諦めない限りきっとそこへ近づいているはずだ。

僕は、大人になった悠斗と葉羽、即ち、僕の両親に伝えなければならない言葉がある。それを言うまでは死んでなるものか。

どれくらいこの暗い世界にいたのだろう、やっと目指している光が見えてきた。あともう少し。

ついに僕の頭が海面から出ると、この先の未来を照らす眩しい光を放つ太陽と、どこまでも青く染まる無限の空が、僕の前に現れた。それはあまりにも茫洋《ぼうよう》な世界に見えた。何度でもやり直せそうなほど、そこには制限などなかった。

その世界を仰いだとき、僕は全身から伝わる痛みを感じ、呻いた。

僕が意識を取り戻したとき、両親がそばで目に涙を一杯ためて、僕の名前を何度も呼んでいた。

僕に繋がれていたチューブの先にある装置の音が、ピッピと一定のリズムを打っているのがかすかに聞こえる。僕は生きていた。

そのままゆっくりと目を開けて、両親の姿を見つめた。心配して疲れていたのもあるだろうが、あの若かったふたりを見たあとではとても老けて見えた。何だかそれが、無性に苦しくて胸が詰まる。体も痛いが心も痛い。

口を開くが、酸素マスクに邪魔され弱々しい声しか出ない。マスクを外そうと手を動かそうとすると、鈍い痛みが全身に走った。それでもこれだけは伝えたくて、僕は必死で酸素マスクを外す。

「お父さん、お母さん、ごめんなさい」

僕はあらん限りの力で声を絞り出した。自分の愚かさを認め、馬鹿な息子であったことを反省した。

母は首を横に振り涙を流していた。ああ、この人が病気と闘った葉羽なんだ。

父もまた同じく首を横に振り、お前は悪くないと真剣な眼差しを僕に向ける。ああ、この人が不器用で必死にもがいていた悠斗なんだ。

そして僕はこの人たちの子供なんだ。そう思えたとき、僕は自分が誇らしく、そして自分のことを好きになれたような気がした。僕はこの人たちから生を授かった。それがとても嬉しくてたまらなかった。

母が力いっぱい僕に抱きつく。あっ、痛い。けれどその痛さも生きているから味わえるものであって、僕は生きている証としてこの痛みをありがたく思うことにした。ちょっとやせ我慢だったけど。あっ、痛たたたっ。

その後、僕の状態が落ち着いたとき、僕は集中治療室から大部屋に移された。一部屋にベッドが四床あるが、それぞれのベッドの間には距離があり、カーテンで仕切れば周りも気にならない。

窓際のベッドだったので外が見られて開放感もあって、入院生活もそんなに悪くなかった。生きているだけで満足だ。今は心からそう思うことができた。

意識が戻っても僕はほとんど寝て過ごしていたと思う。薬のせいか、安心からか、いつもとても眠たかった。

母がつきっきりで僕を看病し、父も仕事が終わればいつも顔を出してくれた。でも僕はまだ大切なことを聞けなくてすっきりしないでいた。それを失っていたらと思うと怖くて、なかなか口に出せなかった。両親もそれについては何も言ってこないから、僕の希望通りにことが運ばなかったように思えてならない。けれど僕は覚悟を決めて、食後のリンゴをむいていた母に話しかけた。

夕映えの光が空に広がり、燃え立つように雲が輝いていたときだった。

「あのさ」

僕が不安な目を向けて話しかけると、母は手を止め無表情で僕と向き合った。僕はゆっくりと口を動かした。

「あのときの、子猫はどうなったの？」

母は無言のまま僕を見つめた。

僕は無茶をして車に飛び込んだけど、それには理由があった。クラスから白い目で見られながらのけ者にされて、毎日が針のむしろだった。鬱憤が溜まり、衝動的に危ないことをやってしまう不安定さと隣り合わせで過ごしていた。

あのとき、道路に子猫が紛れ込んでいたのだ。僕はその子猫を助けようとした。激しく行き交う車に、先のことも考えず身を投げ出してしまったのだ。自分がどうなってもいいという、投げやりにも似た無謀な行動。いつ轢かれてもおかしくない場所で、小さな体を震わし笛の音のようにミーミー鳴いて救いを求めていた子猫が目に入ったとたん、どうしても放っておけなくて僕は無我夢中で子猫の元に駆け付けた。あれは自殺ではなかった。

母はそのことをまだ知らないのだろうか。僕は猫を抱いて撥ねられたはずなんだけど。

「実は僕、子猫を助けようとして……」

僕が言い切る前に母が言葉を挟んだ。

「知ってるわよ。事故現場のことは警察から説明受けたから」

母の手の中で、中途半端にむかれたリンゴが夕焼けに照らされている。母は表情を変えない。

「だったら、子猫はどこに行ったの？」

「あの子猫は、諦めて」

「えっ」

やっぱり助からなかった。僕は目を伏せて黙り込む。母は小さくため息をついた。

「ごめんなさい。ほかに欲しい人がいて、あなたのことが心配で子猫にまで構ってあげられずにあげちゃったの」

「えっ、あげた？」

「子猫は動物病院に運ばれて預かってもらってたの。あなたのお陰で怪我もなかったし健康で何の問題もないわ。それで欲しい人がすぐに見つかったというわけ」

母の手が再び動き、その場を取り繕うようにリンゴの皮をむき出した。そのあと食べやすい大きさに切って、僕の口に放り込む。有無を言わせない母のやり方に、僕はリンゴをくわえたまま、ぼうっとしてしまう。

子猫は助かって、誰かに飼われている。僕が救った小さな命。僕はリンゴをシャリシャリ噛みしめ、舌に広がる仄かな甘さをゆっくり味わった。

「本当に衝動的に行動するんだから。そういうところ、お父さんそっくり」

母が呆れながら言う。以前までの僕なら、そんなことを言われたら不機嫌になっていただろう。けれど今は、母の言葉が何だか嬉しかった。僕はリンゴを咀嚼したあと、口答えするように言う。

「そして、不死身なところはお母さんそっくりでしょ」

「えっ」

母は一瞬驚いた顔をつくり、まるで「そんなこともあったわね」と言いたそうに照れて、くすっと笑った。

母が病気だったという話は昔聞かされていたが、その病気が深刻なものだとは知らされてなかった。仮に知らされていても、聞き慣れない病名に、理解できなかったかもしれない。とにかく大変だったとだけは、漠然と聞いていた。僕はじっと母を見つめる。

「リンゴ、もっといる?」

「うん」

リンゴを僕の口に放り込んで母は優しく笑う。そんな母にも僕と同じ年の頃があった。

事故に遭って眠っている間、昔のふたりに会ってきたなんて僕が言ったら、母は何て思うだろう。僕と同じような年頃に、一生懸命になって恋をしていたこと。本人たちにとったら、知られたくないことかもしれない。それを考えるとおかしくて僕は笑ってしまった。

「変な子ね、ひとりで笑って」

母が眉をひそめて訝しむ。それがいっそうおかしくてまた笑ってしまう。

そのとき、仕切りのカーテンの端から、父がにゅっと顔を覗かせた。

「何だか楽しそうだけど、ふたりして何を話してるんだい?」

その父の顔を見たとき、少年時代の悠斗と重なった。それがとても僕に似ていたことに気がついた。母が言うように、本当に父と僕はそっくりだと思った。

「何でもないわ。それより、どうしてそれを持ってきたの?」

母があっけにとられながら父を見ている。父は、病院に相応しくないものを手に抱えていた。

「いや、今晩、満月だから、何かつい。こいつもここに来たいって言っているように思えて。病院で入院といったら、これも必要な気になって」

父はあのサボテンを手にしていた。そうだ、このサボテンはずっと家にあって、僕もこれを見て育ってきたんだ。

棘がいっぱいだったから、子供の頃、何も知らずにそれをさわって刺されて泣いていた記憶がある。だから痛くて怖いものだと敬遠していた。改めてそのサボテンを見れば、棘があっても温かみのある優しいものに見えた。

父と母が大切にしていたのは知っていたが、その理由がわかった今、僕もまたこのサボテンを愛しく感じる。サボテンは、その容姿に似つかないほど優しく僕たちを見守っていたのかもしれない。バラの棘に触れたら怪我をするなんて言うけど、サボテンの棘は優しく包み込んでくれる……なんて。実際さわれば痛いのだけど、見るだけならば棘も柔らかく感じてくる。

僕がそのサボテンをじっと見ていると、父がコホンと喉を鳴らして話し出した。

「あのさ、信じてもらえるかわからないけど、このサボテンはね……」

父と母が照れながら顔を見合わせ、僕になぜサボテンを持ってきたか説明しようとする。

「昔、その、信じられないことが起こって、それがすごいんだ。このサボテン、何と奇跡を起こすんだ。話せば長くなるんだが、俺の体験したことを全部話してやるからよく聞けよ。実は……」

父はもったいぶっているのか、話しにくいのか、言葉に詰まっていた。本題に入るまでまだ時間がかかりそうだ。父は言葉を選びながら、どうでもいいことをたどたどしく話し続けた。僕が父の顔を見つめると、父は所在なさげに目を逸らす。正直にありのままを話すのは恥ずかしいのかもしれない。

全てのことを見てきたけど、僕は直接父から聞ける話に胸をわくわくさせていた。どんなふうにあの奇跡の物語を僕に説明するのだろう。嘘偽りなく全部話してくれるだろうか。

父も母も僕と同じように悩み、そしてもがいてがむしゃらに突っ走ってきた。その結果、ふたりの絆を繋げる奇跡に繋がった。このサボテンの奇跡はふたりを強く結びつける役目を果たした。

サボテンは意思のある植物だと言われるのは、僕も聞いたことがあった。話しかけると言葉が通じると言う人もいる。

サボテン爺さんも担任の先生にそれを教えられた。それが縁となってサボテンの奇跡を体験し、サボテンの力を強く信じるようになった。その結果、大切な人と繋がっていった。

サボテン爺さんはサボテンの不思議な力をもっと引き出そうと、サボテンに手品を見せていたのかもしれない。ひとりでも多くの人を助けられるようにと。熱心にサボテンを勧めていた。

母がもらったサボテンは枯れかけていたけど、母がその声を聞いたからサボテンも花を咲かすことができたに違いない。何もしないで枯れて終わりたくないと必死だったのだろう。

そして僕にもサボテンの奇跡が起きた——。

母は最初、父が虐められている姿を見て戸惑ったと思う。だけどそのお陰で父を強烈に印象付けることになった。それが——サボテンが植え付けた奇跡の種だった。

父は何が起こっているか大人になるまでわからなかったけど、母のことをただ一心に考えていたから、今の幸せがあるのだろう。

悲しみや絶望を経験してこそ、奇跡がやってくる。この先もまだまだ困難があるのかもしれない。でも僕は、どんなに辛くても何とかやっていけそうな気がしていた。

そういう困難の真っただ中にいるときは、やっぱり辛いと挫折してもがいているんだろうけど。でもそのときのうまくいかなかった悔しさは、やがて原動力に変わるはずだ。そこから這い上がろうとする気持ちを得てこそ、何かがいい方向へ動き出すに違いない。不器用でも諦めないでいれば僕もまた、きっと奇跡を起こせるはずだ。

きっとうまくいくように物事はできている。失敗したって何度でもやり直せばいつか成功への道へ近づく。そのとき、その失敗が大切なことだったたって気づくんだ。いつかうまくいくと心に思い浮かべるだけで、不思議と勇気が湧いてくるようだった。

『勇気』──その言葉を噛みしめてサボテンを見つめていると、父が注意する。

「おい、勇樹《ゆうき》、ちゃんと聞いてるのか」

そう、僕自身もユウキという名前だった。

教師の父は職業柄、僕をまっとうに育てたかったのか多少厳しいところがある。たくさんの生徒を相手にしているので、自分の息子をしっかり育てなければ恥と思っていたに違いない。

そして、僕と父は外見も性格もよく似ている。同じ性格だからこそお互い欠点ばかりが目について、それが自分に返ってくるから嫌になってしまう。だから僕たち親子は衝突しやすかった。

僕は説教ばかりしてくる父の表面的な部分しか見られなくて、父の気持ちなど考える余裕などなかった。でも、今なら父の気持ちがよくわかる。

「はいはい、聞いてますって。なかなか本題に入らないから、ぼうっとしてたんだよ。だから大事なところも端折らないでちゃんと話してよ。そのサボテンがきっかけでどうなったか。例えば、ふたりのキスに繋がったとか」

　僕の言葉に、父は持っていたサボテンを落としそうになり、それを受け止めようと母は慌てていた。父は気まずそうに、コホンと咳払いしてごまかしていた。サボテンは床に落ちる寸前で母によって支えられたが、サボテン自身も驚いて、いっそう棘がピンと逆立っていたように見えた。

「もう、気をつけてよ、お父さん」

母が小言を言って、父が苦笑いする。何だかとても特別な時間だと、僕は思った。

　窓の外は先ほどよりも暗くなり、空と周りの物の輪郭が徐々にぼやけて同化しつつあった。その暮れなずむ空の上で月が顔を出し、白く、くっきりと輝き出していた。父は話を続ける前に、窓際にサボテンを置いた。僕たち親子は、月の光に照らされたサボテンを、期待を込めてしばらくじっと見ていた。

「あれ、小さい丸いものが出てきてるね」

サボテンの表面からコブのように丸く突き出している部分があるのに僕が気づく。

「これは、サボテンの子供よ。これをうまく植えたら、増えるかもしれないわね」

母が言った。

増えたらまた花を咲かすこともあるのだろうか。口に出さずとも、みんな同じことを考えていただろう。

　花が咲くことは不思議な力が現れるということ。でもふたりは、もうサボテンの奇跡は望んでないように思えた。サボテンに気を取られて父は長らく話を中断したままだった。

「ねぇ、早くさっきの続きを話してよ」

　僕は父に催促した。

「あっ、そうだな、それで伯母の家に行って、母さんと知り合って、それから手品をして遊んだんだ。そのときにサボテン爺さんという人がいてな……」

やっとサボテン爺さんの話になった。教師のくせに、父の話はとりとめもなく続いて長くなりそうだ。ちゃんと僕が聞きたい部分を話してくれるのだろうか。でも僕はしっかり耳を傾けた。

　僕が交通事故に遭って、父は僕を失う恐怖に身を震わせたと思う。心配で夜も眠れなかったかもしれない。僕の意識が戻らないとき、祈る思いでこのサボテンに助けを求めてたんじゃないだろうか。だからサボテンは僕の漂う魂を見つけて寄り添ってきてくれた。

　僕が誕生するまでのいきさつ――始まりの前の話。それがなければ僕は生まれてこないのだから。僕の人生を振り返るよりも、父と母の苦労を知ったあとのほうが僕は死ねないと思った。

「それで、そのとき、このサボテンをお母さんが欲しいと言ってサボテン爺さんからもらったんだ。そのサボテン爺さんがある絵を見せてくれて……」

サボテン爺さんもこの話には欠かせないから、父は丁寧にサボテン爺さんのことを話してくれた。

サボテン爺さんと言えば、金ぴか衣装をまとって、くねくねと独特の踊りを披露する、最高のマジシャンだ。


チャラララララ～♪

チャラララララ～ラ～♪


そのとき、『オリーブの首飾り』が勝手に僕の脳内で再生された。それに合わせて踊るサボテン爺さんも瞼に映る。ファスナー全開でも何のその。

窓際に置かれたサボテンも、サボテン爺さんのことを思い出して懐かしく思っているのかもしれない。サボテンにとってもきっと尊敬できる師匠だったのだろう。


チャラララララ～♪

チャラララ〜ラ〜♪

音楽がまだ頭の中で流れていた。

今夜はとても綺麗な月夜の晩。奇跡が起こってもおかしくないような、マジックにもってこいの背景だ。父と母の話を聞きながら、僕の心は満たされていた。

結局父が全てを話す前に面会終了の時間がきて、名残惜しそうにふたりで家に帰っていった。サボテンの鉢植えだけが、そのまま病室に残り、無言で僕の相手をしてくれている。

消灯時間がくると何もすることはなく、寝付くまで僕はぼんやりと考え事をしていた。まだ体はあちこち腫れていて、痛みでときどき顔が歪む。意識は回復したけど、自由に動けなくて本当はやきもきしている。生きているだけでありがたいのは、もちろんわかっているけども。

今頃になって無茶したことを後悔する。学校に戻ってもまだ虐めの問題は解決していないから、問題は山積みだった。ひとりになると、何となく不安になってくる。この気持ちに呑み込まれないように、暗闇に慣れた目でサボテンのシルエットを見ていた。

僕もサボテンの声を聞けたらいいなと思っていたが、そんなことは起きない。でも母と父の話を知ったあとでは、サボテンがそこにいるだけで心強いものを感じた。

その晩、眠りについた僕の夢の中に、サボテン爺さんが現れた。

金ぴかの衣装を着ているけど、どこか雰囲気が違う。サボテン爺さんは仏壇の前に座って、そこに飾られた写真の人に向かって話をしていた。

写真はよく見えなかったけど、それがサボテン爺さんの奥さんだというのは何となくわかった。

「わかってる、わしはまだそっちに行っちゃ駄目なんだろう。わしもできるだけゆっくり行くようにするよ。子供たちにわしの手品を見せないといけないしな。今日も子供たちが遊びに来てくれたんだ。初めて来た子もいるよ。これから手品を見せてくる。喜んでくれるといいな。ああそういえば、ハーゲンダッツがあった。あとで食べてもらうよ」

写真に向かって手を合わせ、サボテン爺さんは立ち上がった。

「おっと、そうだ、忘れるところだった」

そう言って、パンツのファスナーを自ら下げていた。そして元気に子供たちのもとへと向かっていった。そこには、葉羽と兜と悠斗が待っているような気がした。

朝、目が覚めたとき、僕はサボテンに話しかけた。

「もしかして、また君の仕業？」

サボテンは何も言わず、窓際で朝の陽光を受けている。

ただの僕の夢だったのか、サボテンが奇跡を起こしてくれたのか、真相はわからない。

でも目覚めはとてもよく、すっきりとしていい朝だった。窓から見える空も雲ひとつなく晴れ晴れとしていた。

僕はサボテンとその空を見ながら、この先の未来のことを思う。

「僕にも、まだまだやれることがいっぱいあるよね」

サボテンの声は相変わらず聞こえないけど、でんと構えたその姿を見ているだけで僕には伝わってくるものがあった。

それを見ながら僕は思った。

僕にはくじけている暇はない。

僕は奇跡を起こす方法を見つけた――。

あとがき

この本を手に取ってもらえてとても嬉しいです。ありがとうございます。この話が本になるなんて思いもよりませんでした。何を思って作ったかと訊かれたら、突然振って湧いたとしか言えないくらい、急にサボテンが出てきました。そこでサボテンの話をしてみたいと思います。

小さい頃、近所のおじさんが玄関先にひな壇のように並べていた沢山のサボテンの鉢植えに、誤ってドッジボールをぶつけたことがありました。派手に乱してしまいどうしようと慌てました。幸い壊すことはなかったので並べ直して事なきを得ました。でも、ボールには細かいトゲがたくさん刺さっていてびっくりしました。その時それを見てなぜか、ぞっとしたんです。そして、そのボールはトゲが取れなくて使えなくなりました。サボテンのお怒りだったかもしれません。サボテン恐るべし。

これもかなり昔のことなんですが、台風の日、向かいの家の塀の上にサボテンの鉢植えが置いたままだったんです。ものすごい強風の中、落ちることなくどっしりと構えて雨風に耐えていました。気になって窓からずっと見てたんですが、その姿がとても頼もしく感じました。雨にも負けず風にも負けず丈夫なサボテン、かっこいい。

それからアメリカでホームステイをしたことがあるんですが、滞在先の近所の人から『自転車に乗って公園のサボテンを見に行こう』と誘われました。青い空の下、外国で自転車に乗るという行為がものすごく楽しく感じ、わくわくしながらサボテンを見にいきました。ああ、あの懐かしい日々のサボテン……わが青春。

このように潜在意識に知らずとサボテンが刷り込まれていたのかもしれません。こういう経験があったので、私にもサボテンが急に現れて、この話ができたのだと思います。この話を作れたことが私には奇跡だったのでしょう。サボテンに導かれてできた話が第三回スターツ出版文庫大賞で大賞に選んで頂いて本になり、そしてそれをあなたが手にとって下さった――。奇跡の連続です。ということはこの先もずっと続くのではと思ってなりません。今何かに向かって頑張っていらっしゃる方、上手くいかなくて悩んでいらっしゃる方、これから何かをやってみようと思われる方、私は陰ながら頑張ってと応援したいです。だからこの奇跡があなたにも届きますように。次の奇跡を受け取って下さい。――という訳で本に〝奇跡の種在中〟としておきます。

最後にこの本に携わって下さった方々、本当にありがとうございます。そして読んで下さったあなたへ感謝の気持ちを送ります。

二〇一八年十二月　木戸ここな

この物語はフィクションです。実在の人物、団体等とは一切関係がありません。

木戸ここな先生へのファンレターのあて先
〒104-0031　東京都中央区京橋1-3-1　八重洲口大栄ビル7F
スターツ出版(株) 書籍編集部 気付
木戸ここな先生

青い僕らは奇跡を抱きしめる

2019年1月28日　初版第1刷発行

著　者　木戸ここな　©Kido Cocona 2019

発行人　松島滋
デザイン　西村弘美
編　集　後藤聖月
田村亮
藤田奈津紀（エックスワン）
発行所　スターツ出版株式会社
〒104-0031
東京都中央区京橋1-3-1　八重洲口大栄ビル7F
出版マーケティンググループ　TEL03-6202-0386
（ご注文等に関するお問い合わせ）
URL　https://starts-pub.jp/
印刷所　大日本印刷株式会社

Printed in Japan

ISBN　978-4-8137-0610-6　C0193

スターツ出版文庫　好評発売中!!

『Voice −君の声だけが聴こえる−』　貴《き》堂《どう》水《みず》樹《き》・著

耳が不自由なことを言い訳に他人と距離を置きたがる吉澤詠斗は、高校２年の春、聴こえないはずの声を耳にする。その声の主は、春休み中に亡くなった１つ年上の先輩・羽場美由紀だった。詠斗にだけ聴こえる死者・美由紀の声。彼女は詠斗に、自分を殺した真犯人を捜してほしいと懇願する。詠斗は、その願いを叶えるべく奔走するが――。人との絆、本当の強さなど、大切なことに気付かせてくれる青春ミステリー。2018年「小説家になろう×スターツ出版文庫大賞」フリーテーマ部門賞受賞。

ISBN978-4-8137-0598-7 ／ 定価：本体560円＋税

『1095日の夕焼けの世界』　櫻《さくら》いいよ・著

優等生的な生き方を選び、夢や目標もなく、所在ないまま毎日をそつなくこなしてきた相川茜。高校に入学したある日、校舎の裏庭で白衣姿の教師が涙を流す光景を目撃してしまう。一体なぜ？…ほどなくして彼は化学部顧問の米田先生だと知る茜。なにをするでもない名ばかりの化学部に、茜は心地よさを感じ入部するが――。ありふれた日常の他愛ない対話、心の触れ合い。その中で成長していく茜の姿は、青春にたたずむあなた自身なのかもしれない。

ISBN978-4-8137-0596-3 ／ 定価：本体570円＋税

『それから、君にサヨナラを告げるだろう』　春《はる》田《た》モカ・著

社会人になった持田冬香は、満開の桜の下、同窓会の通知を受け取った。大学時代――あの夏の日々。冬香たちは自主制作映画の撮影に没頭した。脚本担当は市之瀬春人。ハル、と冬香は呼んでいた。彼は不思議な縁で結ばれた幼馴染で、運命の相手だった。ある日、ハルは冬香に問いかける。「心は、心臓にあると思う？」…その言葉の真の意味に、冬香は気がつかなかった。でも今は…今なら…。青春の苦さと切なさ、そして愛しさに、あたたかい涙が止まらない！

ISBN978-4-8137-0597-0 ／ 定価：本体630円＋税

『あやかし心療室 お悩み相談承ります！』　唐《から》澤《さわ》和《かず》希《き》・著

ある理由で突然会社をクビになったリナ。お先真っ暗で傷心気味の彼女に、父親が見つけてきた再就職先は心理相談所。けれど父が勝手にサインした書面をよく読めば、契約を拒否すると罰金一億円⁉　理不尽な契約書を付きつけた店主の栗根という男に、ひと言物申そうと相談所に乗り込むリナだが、たどり着いたその場所はなんと、あやかし専門の相談所だった……⁉

ISBN978-4-8137-0595-6 ／ 定価：本体560円＋税

スターツ出版文庫　好評発売中!!

『休みの日 ～その夢と、さよならの向こう側には～』小鳥居《ことりい》ほたる・著

大学生の滝本悠は、高校時代の後輩・水無月奏との失恋を引きずっていた。ある日、美大生の多岐川梓と知り合い、彼女を通じて偶然奏と再会する。再び奏に告白をするが想いは届かず、悠は二度目の失恋に打ちひしがれる。梓の励ましによって悠は次第に立ち直っていくが、やがて切ない結末が訪れて…。諦めてしまった夢、将来への不安。そして、届かなかった恋。それはありふれた悩みを持つ三人が、一歩前に進むまでの物語。ページをめくるたびに心波立ち、涙あふれる。

ISBN978-4-8137-0579-6 ／ 定価：本体620円＋税

『それでも僕らは夢を描く』　加賀美真也《かがみしんや》・著

「ある人の心を救えば、元の体に戻してあげる」―交通事故に遭い、幽体離脱した女子高生・こころに課せられたのは、不登校の少年・亮を救うこと。亮は漫画家になるため、学校へ行かず毎日漫画を描いていた。ある出来事から漫画家の夢を諦めたこころは、ひたむきに夢を追う姿に葛藤しながらも、彼を救おうと奮闘する。心を閉ざす亮に悪戦苦闘しつつ、徐々に距離を縮めるふたり。そんな中、隠していた亮の壮絶な過去を知り……。果たして、こころは亮を救うことができるのか？一気読み必至の爽快青春ラブストーリー！

ISBN978-4-8137-0578-9 ／ 定価：本体580円＋税

『いつかのラブレターを、きみにもう一度』　麻沢《あさざわ》 奏《かな》・著

中学三年生のときに起こったある事件によって、人前でうまくしゃべれなくなった和奈。友達に引っ込み思案だと叱られても、性格は変えられないと諦めていた。そんなある日、新しくバイトを始めた和奈は、事件の張本人である男の子、央寺くんと再会してしまう。もう関わりたくないと思っていたはずなのに、毎晩電話で将棋をしようと央寺くんに提案されて――。自信が持てずに俯くばかりだった和奈が、前に進む大切さを知っていく恋愛物語。

ISBN978-4-8137-0577-2 ／ 定価：本体580円＋税

『菓子先輩のおいしいレシピ』　栗栖《くりす》ひよ子《こ》・著

友達作りが苦手な高１の小鳥遊《たかなし》こむぎは、今日もひとりぼっち。落ち込んで食欲もなかった。すると謎の先輩が現れ「あったかいスープをごちそうしてあげる」と強引に調理室へと誘い出す。彼女は料理部部長の菓子《かのこ》先輩。心に染み入るスープにこむぎの目からは涙が溢れ出し、その日から“味見”を頼まれるように。先輩の料理は友達・先生・家族の活力となり、みんなを元気にしてくれる。けれど先輩にはある秘密があって……。きっと誰もが元気になれる珠玉のビタミン小説！

ISBN978-4-8137-0576-5 ／ 定価：本体600円＋税

スターツ出版文庫　好評発売中!!

『もう一度、君に恋をするまで。』　早迫《はやさこ》 佑記《ゆうき》・著

高校1年のクリスマス、月島美麗は密かに思いを寄せる同級生の藤倉羽宗が音楽室で女の子と抱き合う姿を目撃する。藤倉に恋して、彼の傍にいたい一心で猛勉強し、同じ難関校に入学までしたのに…。失意に暮れる美麗の前に、ふと謎の老婆が現れ、手を差し伸べる。「1年前に時を巻き戻してやろう」と。引っ込み思案な自分を変え、運命も変えようと美麗は過去に戻ることを決意するが——。予想を覆すラストは胸熱くなり、思わず涙！2018年「小説家になろう×スターツ出版文庫大賞」大賞受賞作！

ISBN978-4-8137-0559-8 ／ 定価：本体620円＋税

『はじまりと終わりをつなぐ週末』菊川《きくかわ》あすか・著

傷つきたくない。だから私は透明になることを選んだ——。危うい友情、いじめが消せない学校生活…そんな只中にいる高2の愛花は、息を潜め、当たり障りのない毎日をやり過ごしていた。本当の自分がわからない不確かな日常。そしてある日、愛花はそれまで隠されてきた自身の秘密を知ってしまう。親にも友達にも言えない、行き場のない傷心をひとり抱え彷徨い、町はずれのトンネルをくぐると、そこには切ない奇跡の出会いが待っていて——。生きる意味と絆に感極まり、ボロ泣き必至！

ISBN978-4-8137-0560-4 ／ 定価：本体620円＋税

『君と見上げた、あの日の虹は』夏雪《なつゆき》なつめ・著

母の再婚で新しい町に引っ越してきたはるこは、新しい学校、新しい家族に馴染めず息苦しい毎日を過ごしていた。ある日、雨宿りに寄った神社で、自分のことを“神様”だと名乗る謎の青年に出会う。いつも味方になってくれる神様と過ごすうち、家族や友達との関係を変えていくはるこ。彼は一体何者……？　そしてその正体を知る時、突然の別れが——。ふたりに訪れる切なくて苦しくて、でもとてもあたたかい奇跡に、ページをめくるたび涙がこぼれる。

ISBN978-4-8137-0558-1 ／ 定価：本体570円＋税

『あやかし食堂の思い出料理帖～過去に戻れる噂の老舗「白露庵」～』御守《みもり》いちる・著

夢も将来への希望もない高校生の愛梨は、女手ひとつで育ててくれた母親と喧嘩をしてしまう。しかしその直後に母親が倒れ、ひどく後悔する愛梨。するとどこからか鈴の音が聴こえ、吸い寄せられるようにたどり着いたのは「白露庵」と書かれた怪しい雰囲気の食堂だった。出迎えたのは、人並み外れた美しさを持つ狐のあやかし店主・白露《はくろ》。なんとそこは「過去に戻れる思い出の料理」を出すあやかし食堂で……!?

ISBN978-4-8137-0557-4 ／ 定価：本体600円＋税

スターツ出版文庫　好評発売中!!

『すべての幸福をその手のひらに』　沖田《おきた》 円《えん》・著

公立高校に通う深川志《ゆき》のもとに、かつて兄の親友だった葉山司《つかさ》が、ある日突然訪ねてくる。それは７年前に忽然と姿を消し、いまだ行方不明となっている志の兄・瑛《あきら》の失踪の理由を探るため。志は司と一緒に、瑛の痕跡を辿っていくが、そんな中、ある事件との関わりに疑念が湧く。調べを進める二人の前に浮かび上がったのは、信じがたい事実だった――。すべてが明らかになる衝撃のラスト。タイトルの意味を知ったとき、その愛と絆に感動の涙が止まらない！

ISBN978-4-8137-0540-6 ／ 定価：本体620円＋税

『きみがいれば、空はただ青く』　逢《あ》優《ゆ》・著

主人公のあおは、脳腫瘍を患って記憶を失い、自分のことも、家族や友達のこともなにも憶えていない。心配してくれる母や親友の小雪との付き合い方がわからず、苦しい日々を送るあお。そんなある日、ふと立ち寄った丘の上で、「100年後の世界から来た」という少年・颯と出会い、彼女は少しずつ変わっていく。しかし、颯にはある秘密があって……。過去を失ったあおは、大切なものを取り戻せるのか？　そして、颯の秘密が明らかになるとき、予想外の奇跡が起こる――!!

ISBN978-4-8137-0538-3 ／ 定価：本体560円＋税

『奈良まちはじまり朝ごはん３』いぬじゅん・著

詩織が、奈良のならまちにある朝ごはん屋『和温食堂』で働き始めて１年が経とうとしていた。ある日、アパートの隣に若い夫婦が引っ越してくる。双子の夜泣きに悩まされつつも、かわいさに癒され仕事に励んでいたのだが……。家を守りたい父と一緒に暮らしたい息子、忘れられない恋に苦しむ友達の和豆、将来に希望を持てない詩織の弟・俊哉が悩みを抱えてお店にやってくる。そして、そんな彼らの新しい１日を支える店主・雄也の過去がついに明らかに！　大人気シリーズ、感動の最終巻!!

ISBN978-4-8137-0539-0 ／ 定価：本体570円＋税

『夕刻の町に、僕らだけがいた。』　永良《ながら》サチ・著

有名進学校に通う高１の未琴は、過剰な勉強を強いられる毎日に限界を感じていた。そんなある日、突然時間が停止するという信じられない出来事が起こる。未琴の前に現れたのは謎の青年むぎ。彼は夕方の１時間だけ時を止めることが出来るのだという。その日から始まった、ふたりだけの夕刻。むぎと知る日常の美しさに、未琴の心は次第に癒されていくが、むぎにはある秘密があって…。むぎと未琴が出会った理由、ふたりがたどる運命とは――。ラストは号泣必至の純愛小説！

ISBN978-4-8137-0537-6 ／ 定価：本体570円＋税

スターツ出版文庫　好評発売中!!

『あの夏よりも、遠いところへ』　加納《かのう》夢雨《むう》・著

小学生の頃、清見蓮は秘密のピアノレッスンを受けた。先生役のサヤは年上の美しい人。しかし彼女は、少年の中にピアノという宝物を残して消えてしまった…。それから数年後、高校生になった蓮はクラスメイトの北野朝日と出会う。朝日はお姫様みたいに美しく優秀な姉への複雑な思いから、ピアノを弾くことをやめてしまった少女だった。欠けたものを埋めるように、もどかしいふたつの気持ちが繋がり、奇跡は起きた――。繊細で不器用な17歳のやるせなさに、号泣必至の青春ストーリー！

ISBN978-4-8137-0520-8 ／ 定価：本体550円＋税

『京都伏見・平安旅館 神様見習いのまかない飯』　遠藤《えんどう》遼《りょう》・著

リストラされて会社を辞めることになった天河彩夢は、傷ついた心を抱えて衝動的に京都へと旅立った。ところが、旅先で出会った自称「神様見習い」蒼井真人の強引な誘いで、彼の働く伏見の平安旅館に連れていかれ、彩夢も「巫女見習い」を命じられることに…⁉　この不思議な旅館には、今日も悩みや苦しみを抱えた客が訪れる。そして神様見習いが作るご飯を食べ、自分の「答え」を見つけたら、彼らはここを去るのだ。――涙あり、笑顔あり、胸打つ感動あり。心癒やす人情宿へようこそ！

ISBN978-4-8137-0519-2 ／ 定価：本体600円＋税

『海に願いを 風に祈りを そして君に誓いを』　汐見《しおみ》夏衛《なつえ》・著

優等生でしっかり者だけど天の邪鬼な凪沙と、おバカだけど素直で凪沙のことが大好きな優海は、幼馴染で恋人同士。お互いを理解し合い、強い絆で結ばれているふたりだけれど、ある日を境に、凪沙は優海への態度を一変させる。甘えを許さず、厳しく優海を鍛える日々。そこには悲しすぎる秘密が隠されていた――。互いを想う心に、あたたかい愛に、そして予想もしなかった結末に、あふれる涙が止まらない‼

ISBN978-4-8137-0518-5 ／ 定価：本体600円＋税

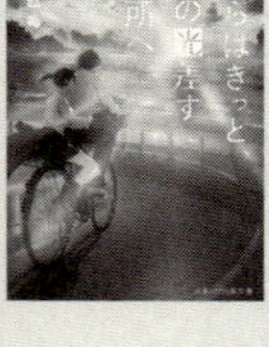

『僕らはきっと、あの光差す場所へ』　野々原《ののはら》苺《いちご》・著

唐沢隼人が消えた――。夏休み明けに告げられたクラスの人気者の突然の失踪。ある秘密を抱えた春瀬光は唐沢の恋人・橘千歳に懇願され、半強制的に彼を探すことになる。だが訪れる先は的外れな場所ばかり。しかし、唯一二人の秘密基地だったという場所で、橘が発したあるひとことをきっかけに、事態は急展開を迎え――。唐沢が消えた謎、橘の本音、そして春瀬の本当の姿。長い一日の末に二人が見つけた、明日への光とは……。繊細な描写が紡ぎ出す希望のラストに、心救われ涙！

ISBN978-4-8137-0517-8 ／ 定価：本体560円＋税

スターツ出版文庫　好評発売中!!

『100回目の空の下、君とあの海で』　櫻井《さくらい》千姫《ちひめ》・著

ずっと、わたしのそばにいて――。海の近くの小学校に通う６年生の福田悠海と中園紬は親友同士。家族にも似た同級生たちとともに、まだ見ぬ未来への希望に胸をふくらませていた。が、卒業間近の３月半ば、大地震が起きる。津波が辺り一帯を呑み込み、クラス内ではその日、風邪で欠席した紬だけが犠牲になってしまう。悲しみに暮れる悠海だったが、あるとき突然、うさぎの人形が悠海に話しかけてきた。「紬だよ」と…。奇跡が繋ぐ友情、命の尊さと儚さに誰もが涙する、著者渾身の物語！

ISBN978-4-8137-0503-1 ／ 定価：本体590円＋税

『切ない恋を、碧い海が見ていた。』　朝霧《あさぎり》繭《まゆ》・著

「お姉ちゃん……碧兄ちゃんが、好きなんでしょ」――妹の言葉を聞きたくなくて、夏海は耳をふさいだ。だって、幼なじみの桂川碧は結婚してしまうのだ。……でも本当は、覚悟なんかちっともできていなかった。親の転勤で離ればなれになって８年、誰より大切な碧との久しぶりの再会が、彼とその恋人との結婚式への招待だなんて。幼い頃からの特別な想いに揺れる夏海と碧、重なり合うふたつの心の行方は……。胸に打ち寄せる、もどかしいほどの恋心が切なくて泣けてしまう珠玉の青春小説！

ISBN978-4-8137-0502-4 ／ 定価：本体550円＋税

『どこにもない13月をきみに』　灰芭《はいば》まれ・著

高２の安澄は、受験に失敗して以来、毎日を無気力に過ごしていた。ある日、心霊スポットと噂される公衆電話へ行くと、そこに憑りついた“幽霊”だと名乗る男に出会う。彼がこの世に残した未練を解消する手伝いをしてほしいというのだ。家族、友達、自分の未来…安澄にとっては当たり前にあるものを失った幽霊さんと過ごすうちに、変わっていく安澄の心。そして、最後の未練が解消される時、ふたりが出会った本当の意味を知る――。感動の結末に胸を打たれる、100％号泣の成長物語!!

ISBN978-4-8137-0501-7 ／ 定価：本体620円＋税

『東校舎、きみと紡ぐ時間』　桜川《さくらがわ》ハル・著

高２の愛子が密かに想いを寄せるのは、新任国語教師のイッペー君。夏休みのある日、愛子はひとりでイッペー君の補習を受けることに。ふたりきりの空間で思わず告白してしまった愛子は振られてしまうが、その想いを諦めきれずにいた。秋、冬と時は流れ、イッペー君とのクラスもあとわずか。そんな中で出された“I LOVE YOUを日本語訳せよ”という課題をきっかけに、愛子の周りの恋模様はめくるめく展開に……。どこまでも不器用で一途な恋。ラスト、悩んだ末に紡がれた解答に思わず涙！

ISBN978-4-8137-0500-0 ／ 定価：本体570円＋税